大地山河

茅盾散文精选

茅盾 著

四川文艺出版社

图书在版编目（CIP）数据

大地山河：茅盾散文精选 / 茅盾著. -- 成都：四
川文艺出版社，2023.11
ISBN 978-7-5411-6775-1

Ⅰ. ①大… Ⅱ. ①茅… Ⅲ. ①散文集－中国－现代
Ⅳ. ①I266

中国国家版本馆CIP数据核字(2023)第189426号

DADI SHANHE MAODUN SANWEN JINGXUAN

大地山河：茅盾散文精选

茅盾 著

出 品 人	谭清洁
出版统筹	刘运东
特约监制	王兰颖　李瑞玲
责任编辑	王思鈜
选题策划	王兰颖
特约编辑	郭海东　陈思宇
营销统筹	李文洋　田厚今
封面设计	卷帙设计　QQ:2649586699
责任校对	段　敏

出版发行　四川文艺出版社（成都市锦江区三色路238号）
网　　址　www.scwys.com
电　　话　010-85526620

印　　刷	北京永顺兴望印刷厂		
成品尺寸	145mm×210mm	开　本	32开
印　张	7	字　数	180千字
版　次	2023年11月第一版	印　次	2023年11月第一次印刷
书　号	ISBN 978-7-5411-6775-1		
定　价	39.80元		

目 录

目录

雷雨前

清早起来，就走到那座小石桥上。摸一摸桥石，竟像还带点热。昨天整天里没有一丝儿风。晚快边响了一阵子干雷，也没有风，这一夜就闷得比白天还厉害。天快亮的时候，这桥上还有两三个人躺着，也许就是他们把这些石头又困得热烘烘。

满天里张着个灰色的幔。看不见太阳。然而太阳的势力好像透过了那灰色的幔，直逼着你头顶。

河里连一滴水也没有了，河中心的泥土也裂成乌龟壳似的。田里呢，早就像开了无数的小沟——有两尺多阔的，你能说不像沟么？那些苍白色的泥土，干硬得就跟水门汀差不多。好像它们过了一夜工夫还不曾把白天吸下去的热气吐完，这时它们那些扁长的嘴巴里似乎有白烟一样的东西往上冒。

站在桥上的人就同浑身的毛孔全都闭住，心口泛淘淘，像要呕出什么来。

这一天上午，天空老张着那灰色的幔，没有一点点漏洞，也没有动一动。也许幔外边有的是风，但我们罩在这幔里的，把鸡毛从桥头抛下去，也没见它飘飘扬扬踱方步。就跟住在抽出了空气的大筒里似的，人张开两臂用力行一次深呼吸，可是吸进来只是热辣辣的一股闷。

汗呢，只管钻出来，钻出来，可是胶水一样，胶得你浑身不爽快，像结了一层壳。

午后三点钟光景，人像快要干死的鱼，张开了一张嘴，忽然天空那灰色的幔裂了一条缝！不折不扣一条缝！像明晃晃的刀口在这幔上划过。然而划过了，幔又合拢，跟没有划过的时候一样，透不进一丝儿风。一会儿，长空一闪，又是那灰色的幔裂了一次缝。然而中什么用？

像有一只巨人的手拿着明晃晃的大刀在外边想挑破那灰色的幔，像是这巨人已在咆哮发怒；越来越紧了，一闪一闪满天空瞥过那大刀的光亮，隆隆隆，幔外边来了巨人的愤怒的吼声！

猛可地闪光和吼声都没有了，还是一张密不通风的灰色的幔！

空气比以前加倍闷！那幔比以前加倍厚！天加倍黑！

你会猜想这时那幔外边的巨人在揩着汗，歇一口气；你断得定他还要进攻。你焦躁地等着，等着那挑破灰色幔的大刀的一闪电光，那隆隆隆的怒吼声。

可是你等着，等着，却等来了苍蝇。它们从龌龊的地方飞出来，嗡嗡地，绕住你，叮你的涂一层胶似的皮肤。戴红顶子像个大员模样的金苍蝇刚从粪坑里吃饱了来，专拣你的鼻子尖上蹲。

也等来了蚊子，哼哼哼地，像老和尚念经，或者老秀才读古文。苍蝇给你传染病，蚊子却老实要喝你的血呢！

你跳起来拿着蒲扇乱扑，可是赶走了这一边的，那一边又是一大群乘隙进攻。你大声叫喊，它们只回答你个哼哼哼，嗡嗡嗡！外边树梢头的蝉儿却在那里唱高调："要死哟！要死哟！"

你汗也流尽了，嘴里干得像烧，你手脚也软了，你会觉得世界末日也不会比这再坏！

然而猛可地电光一闪，照得屋角里都雪亮。幔外边的巨人一下子把那灰色的幔扯得粉碎了！轰隆隆，轰隆隆！他胜利地叫着。呼——呼——挡在幔外边整整两天的风开足了超高速度扑来了！蝉儿噤声，苍蝇逃走，蚊子躲起来，人身上像剥落了一层壳那么一爽。

霍！霍！霍！巨人的刀光在长空飞舞。

轰隆隆，轰隆隆，再急些，再响些吧！

让大雷雨冲洗出个干净清凉的世界！

卖豆腐的哨子

早上醒来的时候，听得卖豆腐的哨子在窗外呜呜地吹。

每次这哨子声都能引起我不少的怅惘。

并不是它那低叹暗泣似的声调在诱发我的漂泊者的乡愁；不是呢，像我这样的漂泊者，没有了故乡，也没有了祖国，所谓"乡愁"之类的优雅的情绪，轻易不会兜上我的心头。

也不是它那类乎军笳然而已颇小规模的悲壮的颤音，使我联想到另一方面的烟云似的过去；也不是呢，过去的，只留下淡淡的一道痕，早已为现实的严肃和未来的闪光所掩煞所销毁。

所以我这怅惘是难言的。然而每次我听到这呜呜的声音，我总抑不住胸间那股回荡起伏的怅惘的滋味。

昨夜我在夜市上，也感到了同样酸辣的滋味。

每次我到夜市，看见那些用一张席片挡住了潮湿的泥土，就这么着货物和人一同挤在上面，冒着寒风在嚷嚷然叫卖的衣衫褴褛的小贩子，我总是感得了说不出的怅惘的心情。说是在怜悯他们么？我知道怜悯是亵渎的。那么，说是在同情于他们罢？我又觉得太轻。我心底里钦佩他们那种求生存的忠实的手段和态度，然而，亦未始不以为那是太拙笨。我从他们那雄辩似的"夸卖"声中感得了他们的心的哀诉。我仿佛看见他们吁出的热气在天空中凝集为一片灰色的云。

可是他们没有呜呜的哨子。没有这像是闷在瓮中，像是透过了重压而挣扎出来的地下的声音，作为他们的生活的象征。

呜呜的声音震破了冻凝的空气在我窗前过去了。我倾耳静听，我似乎已经从这单调的呜呜中读出了无数文字。

我猛然推开幛子，遥望屋后的天空。我看见了些什么呢？我只看见满天白茫茫的愁雾。

雾中偶记

　　前两天天气奇寒，似乎天要变了，果然昨夜就刮起大风来，窗上糊的纸被老鼠钻成一个洞，呜呜地吹起哨子，——像是什么呢？我说不出。从破洞里来的风，特别尖利，坐在那里觉得格外冷，想拿一张报纸去堵住，忽然看见爱伦堡那篇"报告"——《巴黎沦陷的前后》，便想起白天在报上看见说，巴黎的老百姓正在受冻挨饿，情形是十分严重的话。

　　这使我顿然记起，现在是正当所谓"三九"，北方不知冷的怎样了，还穿着单衣的战士们大概正在风雪中和敌人搏斗，便是江南罢，该也有霜有冰乃至有雪。在广大的国土上，受冻挨饿的老百姓，没有棉衣吃黑豆的战士，那种英勇和悲壮，到底我们知道了几分之几？中华民族是在咆哮了，然而中国似乎依然是"无声的中国"——从某一方面看。

　　不过这里重庆是"温暖"的，不见枯草，芭蕉还是那样绿，而且绿的太惨！

　　而且是在雾季，被人"祝福"的雾是会迷蒙了一切，美的，丑的，荒淫无耻的，以及严肃的工作。……在雾季，重庆是活跃的，因为轰炸的威胁少了，是活动的万花筒：奸商、小偷、大盗、汉奸，狞笑、恶眼、悲愤、无耻、奇冤，一切，而且还有沉默。

　　原名《鞭》的五幕剧，以《雾重庆》的名称在雾重庆上演；想起这改题的名字似乎本来打算和《夜上海》凑成一副对联，总觉得带点生意眼，然而现在看来，"雾重庆"这三个字，当真不坏。尤其在今年！可歌可泣的事太多了。不过作者当初如果也跟我现在那样的想法，大概这五幕剧的题材会全然改观罢？我是觉得《鞭》之内容是包括不了雾重庆的。

剧中那位诗人，最初引起了我的回忆，——他像一个朋友：不是身世太像，而是容貌上有几分，说话的神气有几分。到底像谁呢？说不上来。但是今天在一件事的议论纷纷之余，我陡然记起了，呀，有点像他，再细想，似乎不像的多。不过这位朋友的声音笑貌却缠住了我的回忆。我不知他现在在哪里？平安不？一个月前是知道的，不过，今天，鬼晓得，罪恶的黑手有时而且时时会攫去我们的善良的人的。我又不知道和他在一处的另外几个朋友现在又在哪里了，也平安不？

于是我又想起了鲁迅先生。在《为了忘却的记念》中，鲁迅先生说过那样意思的话：血的淤积，青年的血，使他窒息，于无奈何之际，他从血的淤积中挖一个小孔，喘一口气。这几年来，青年的血太多了，敌人给流的，自己给流的；我们兴奋，为了光荣的血，但也窒息，为了不光荣的没有代价的血。而且给喘一口气的小孔也几乎挖不出。

回忆有时是残忍的，健忘有时是一宗法宝。有一位历史家批评最后的蒲尔朋王朝说：他们什么也没有忘记，但什么也没有学得。为了学得，回忆有时是必要，健忘有时是不该。没有出息的人永远不会学得教训，然而历史是无情的。中华民族解放的斗争，不可免的将是长期而矛盾而且残酷，但历史还是依照它的法则向前。最后胜利一定要来，而且是我们的。让理性上前，让民族利益高于一切，让死难的人们灵魂得到安息。舞台在暗转，袁慕容的戏快完，家棣一定要上台，而且林卷妤的出走的去向，终究会有下落。

据说今后六十日至九十日，将是最严重的时期（美国陆长斯汀生之言）；希特勒的春季攻势，敌人的南进，都将于此时期内爆发罢？而且那雾季不也完了么？但是敌人南进，同时也不会放松对我们的攻势的！幻想家们呵，不要打如意算盘！被敌人的烟幕迷糊了心窍的人们也该清醒一下，事情不会那么简单。

夜是很深了罢？你看鼠子这样猖獗，竟在你面前公然踱方步。我开窗透点新鲜空气，茫茫一片，雾是更加浓了罢？已经不辨皂白。然而不一定坏。浓雾之后，朗天化日也跟着来。祝福可敬的朋友们，血不会是永远没有代价的！民族解放的斗争，不达目的不止，还有成千成万的战士们还没有死呢！

1941 年 2 月 16 日夜。

严霜下的梦

　　七八岁以至十一二，大概是最会做梦最多梦的时代罢？梦中得了久慕而不得的玩具；梦中居然离开了大人们的注意的眼光，畅畅快快地弄水弄火；梦中到了民间传说里的神仙之居，满攫了好玩的好吃的。当母亲铺好了温暖的被窝，我们孩子勇敢地钻进了以后，嗅着那股奇特的旧绸的气味，刚合上了眼皮，一些红的、绿的、紫的、橙黄的、金碧的、银灰的，圆体和三角体，各自不歇地在颤动，在扩大，在收小，在漂浮的，便争先恐后地挤进我们孩子的闭合的眼睑；这大概就是梦的接引使者罢？从这些活动的虹桥，我们孩子便进了梦境；于是便真实地享受了梦国的自由的乐趣。

　　大人们可就不能这么常有便宜的梦了。在大人们，夜是白天勤劳后的休息；当四肢发酸，神经麻木，软倒在枕头上以后，总是无端的便失了知觉，直到七八小时以后，苏生的精力再机械地唤醒他，方才揉了揉睡眼，再奔赴生活的前程。大人们是没有梦的！即使有了梦，那也不过是白天忧劳苦闷的利息，徒增醒后的惊悸，像一起好的悲剧，夸大地描出了悲哀的组织，使你更能意识到而已。即使有了可乐意的好梦，那又还不是睡谷的恶意的孩子们来嘲笑你的现实生活里的失意？来给你一个强烈的对比，使你更能意识到生活的愁苦？

能够真心地如实地享受梦中的快活的，恐怕只有七八岁以至十一二的孩子罢？在大人们，谁也没有这等廉价的享乐罢？说是尹氏的役夫曾经真心地如实地享受过梦的快乐，大概只不过是伪《列子》杂收的一段古人的寓言罢哩。在我尖锐的理性，总不肯让我跌进了玄之又玄的国境，让幻想的抚摸来安慰了现实的伤痕。我总觉得，梦，不是来挖深我的创痛，就是来嘲笑我的失意；所以我是梦的仇人，我不愿意晚上再由梦来打搅我的可怜的休息。

但是惯会揶揄人们的顽固的梦，终于光顾了；我连得了几个梦。

——步哨放的多么远！可爱的步哨呵：我们似曾相识。你们和风雨操场周围的荷枪守卫者，许就是亲兄弟？是的，你们是。再看呀！那穿了整齐的制服，紧捏着长木棍子的小英雄，够多么可爱！我看见许多认识的和不认识的面孔，男的和女的，穿便衣的和穿军装的，短衣的和长裤的：脸上都耀着十分的喜气，像许多小太阳。我听见许多方言的急口的说话，我不尽懂得，可是我明白——真的，我从心底里明白他们的意义。可不是？我又听得悲壮的歌声，激昂的军乐，狂欢的呼喊，春雷似的鼓掌，沉痛的演说。

——我看见了庄严，看见了美妙，看见了热烈；而且，该是一切好梦里应有的事罢，我看见未来的憧憬凝结而成为现实。

——我的陶醉的心，猛击着我的胸膈。呀！这不客气的小东西，竟跳出了咽喉关，即使我的两排白灿灿的牙齿是那么壁垒森严，也阻不住这猩红的一团！它飞出去了，挂在空间。而且，这分明是荒唐的梦了。我看见许多心都从各人的嘴唇边飞出来，都挂在空间，连结成为红的热的动的一片；而且，我又见这一片上显出字迹来。

——我空着腔子，努力想看明白这些字迹。头是最先看见："中国民族革命的发展。"尾巴也映进了我的眼帘："世界革命的三大柱石。"可是中段，却很模糊了；我继续努力辨识，忽然，轰！屋梁凭空掉下来。好像我也大叫了一声；可是，以后，什么都不知道，什么都已消灭！

我的脸，像受人批了一掌；意识回到我身上；我听得了扑扑的翅膀声，我知道又是那不名誉的蝙蝠把它的灰色的似是而非的翼子扇了我的脸。

"呔！"我不自觉地喊出来。然后，静寂又恢复了统治；我只听得那小东西的翅膀在凝冻的空气中无目的地乱扑。窗缝中透进了寒光，我知道这是肃杀的严霜的光，我翻了个身，又沉沉地负气似的睡着了。

——好血腥呀，天在雨血！这不是宋王皮囊里的牛羊狗血，是真正老牌的人血。是男子颈间的血，女人的割破的乳房的血，小孩子心肝的血。血，血！天开了窟窿似的在下血！青绿的原野，染成了绛赤。我撩起了衣裾急走，我想逃避这还是温热的血。

——然后，我又看见了火。这不是 Nero[1] 烧罗马引起他的诗兴的火，这是地狱的火；这是 Surtr[2] 烧毁了空陆冥三界的火！轰轰的火柱卷上天空，太阳骇成了淡黄脸，苍穹涨红着无可奈何似的在那里挺挨。高高的山岩，熔成了半固定质，像饧糖似的软摊开来，填平了地面上的一切坎坷。而我，我也被胶结在这坦荡荡的硬壳下。

"呔！"

冷空气中震颤着我这一声喊。寒光从窗缝中透进来，我知道这还是别人家瓦上的严霜的光亮，这不是天明的曙光；我不管事似的又翻了个身，又沉沉地负气似的睡着了。

——玫瑰色的灯光，射在雪白的臂膊上；轻纱下面，颤动着温软

1　即尼禄，古罗马皇帝。

2　北欧神话中的火焰巨人苏尔体尔。

的乳房，嫩红的乳头像两粒诱人馋吻的樱桃。细白米一样的齿缝间淌出 Sirens[1] 的迷魂的音乐。可爱的 Valkyrs[2]，刚从血泊里回来的 Valkyrs，依旧是那样美妙！三四辈少年，围坐着谈论些什么；他们的眼睛闪出坚决的牺牲的光。像一个旁观者，我完全迷乱了。我猜不透他们是准备赴结婚的礼堂呢，抑是赴坟墓？可是他们都高兴地谈着我所不大明白的话。

——"到明天 ……"

——"到明天，我们不是死，就是跳舞了！"

——我突然明白了，同时，我的心房也突然缩紧了；死不是我的事，跳舞有我的份儿么？像小孩子牵住了母亲的衣裙要求带赴一个宴会似的，我攀住了一只臂膊。我祈求，我自讼。我哭泣了！但是，没有了热的活的臂膊，却是焦黑的发散着烂肉臭味的什么了——我该说是一条从烈火里掣出来的断腿罢？我觉得有一股铅浪，从我的心里滚到脑壳。我听见女子的歇斯底里的喊叫，我仿佛看见许多狼，张开了利锯样的尖嘴，在撕碎美丽的身体。我听得愤怒的呻吟。我听得饱足了兽欲的灰色东西的狂笑。

我惊悸地抱着被窝一跳，又是什么都没有了。

呵，还是梦！恶意的揄揶人的梦呵！寒光更强烈的从窗缝里探进头来，嘲笑似的落在我脸上；霜华一定是更浓重了，但是什么时候天才亮呀？什么时候，Aurora[3] 的可爱的手指来赶走凶残的噩梦的统治呀？

1928 年 1 月 12 日于荷花地。

1　古希腊传说中半身是人半身是鸟的海妖，通过美妙的歌声诱杀路过的船员。

2　北欧神话中的一位侍女，其职责是引领阵亡的战士去往奥丁神的宴会。

3　罗马神话中掌管黎明、曙光的女神，是令人充满希望与期盼的女神。

天窗

乡下的房子只有前面一排木板窗。暖和的晴天，木板窗扇扇开直，光线和空气都有了。

碰着大风大雨，或者北风虎虎地叫的冬天，木板窗只好关起来，屋子里就黑得地洞里似的。

于是乡下人在屋顶上面开一个小方洞，装一块玻璃，叫做天窗。

夏天阵雨来了时，孩子们顶喜欢在雨里跑跳，仰着脸看闪电，然而大人们偏就不许，"到屋里来呀！"孩子们跟着木板窗的关闭也就被关在地洞似的屋里了；这时候，小小的天窗是唯一的慰藉。

从那小小的玻璃，你会看见雨脚在那里卜落卜落跳，你会看见带子似的闪电一瞥；你想象到这雨，这风，这雷，这电，怎样猛厉地扫荡了这世界，你想象它们的威力比你在露天真实感到的要大十倍百倍。小小的天窗会使你的想象锐利起来！

晚上，当你被逼着上床去"休息"的时候，也许你还忘不了月光下的草地河滩，你偷偷地从帐子里伸出头来，你仰起了脸，这时候，小小的天窗又是你唯一的慰藉！

你会从那小玻璃上面的一颗星，一朵云，想象到无数闪闪烁烁可爱的星，无数像山似的、马似的、巨人似的奇幻的云彩；你会从那小玻璃上面掠过一条黑影想象到这也许是灰色的蝙蝠，也许是会唱歌的夜莺，也许是恶霸似的猫头鹰——总之，美丽而神奇的夜的世界的一切，立刻会在你的想象中展开。

啊唷唷！这小小一方的空白是神奇的！它会使你看见了若不是有了它你就想不起来的宇宙的秘密；它会使你想到了，若不是有了它你就永远不会联想到的种种事件！

发明这"天窗"的大人们，是应得感谢的。因为活泼会想的孩子们会知道怎样从"无"中看出"有"，从"虚"中看出"实"，比任凭他们看到的更真切，更阔达，更复杂，更确实！

1934 年 11 月。

冬天

诗人们关于四季的感触大概颇不同罢。一般地说来，则为"游春""消夏""悲秋"——冬呢，我可想不出适当的字眼来了，总之，诗人们对于"冬"好像不大怀好感，于"秋"则已"悲"了，更况且"秋"后的"冬"！

所以诗人在冬夜，只合围炉叙旧，这就有点近于"蛰伏"了。幸而冬季有雪，给诗人们添了诗料。甚而至于踏雪寻梅，此刻的诗人俨然又是活动家。不过梅花开放的时候，其实"冬"已过完，早又是"春"了。

我不是诗人，关于一年四季无所偏憎。但寒暑数十易而后，我也逐渐辨出了四季的味道。我就觉得冬季的味儿如同特别耐咀嚼。

由于冬季曾经在三个不同的时期给了我三种不同的印象。

十一二岁的时分，我觉得冬季是又好又不好。大人们定要我穿了许多衣服，弄得我动作迟笨，这是我不满意冬季的地方。然而野外的茅草都已枯黄，正好"放野火"，我又得感谢"冬"了。

在都市里生长的孩子是可怜的，他们只看见灰色的马路，从没见过整片的一望无际的大草地，他们即使到公园里看见了比较广大的草地，然而那是细曲得像狗毛一样的草皮，枯黄了时更加难看，不用说，他们万万想不到这是可以放起火来烧的。在乡下，可不同了。照例到了冬天，野外满是灰黄色的枯草，又高又密，脚踏下去簌簌地响，有时没到你的腿弯上。是这样的草，——大草地，就可以放火烧。我们都脱了长衣，划一根火柴，那满地的枯草就毕剥毕剥烧起来了。狂风着地卷去，那些草就像发狂似的腾腾地叫着，夹着白烟一片红火焰就像一个大舌头似的会一下子把大片的枯草舐光。有时我们站在上风头，那就跟着头跑；有时故意站在下风，看着烈焰像潮水样涌过来，涌过来，于是我们大声笑着嚷着在火焰中间跳，一转眼，那火焰的波浪现已上前去了，于是我们就又追上去送它。这些草地中，往往有浮厝的棺木或许骨殖甏，火势逼近了那棺木时，我们的最紧张的时刻就来了。我们就来一个"包抄"，扑到火线里一阵滚，收熄了我们放的火。这时候咱们便感到了克服敌人那样的快乐。

二十以后成了"都市人"，这"放野火"的趣味不能再有了，然而穿衣服的多少也不再受人干涉了，这时我对于冬，理应无憎亦无爱了罢，可是冬季却开始给我一点好印象。二十几岁的我是只要睡觉四个钟头就够了的，我照例五点钟一定醒了；这时候，被窝是暖烘烘的，人是神清气爽的，而又大家都在黑甜乡，静得很，没有声音来打扰我，这时候，躲在那里让思想像野马一般飞跑，爱到哪里就到哪里，想够了时，顶天亮动身，我仿佛已经背着人，不声不响自由自在做完了一件事，也感得一种愉快。那时候，我把"冬"和春夏秋比较起来，觉得"冬"是不干涉人的，她不像春天那样逼人困倦，也不像夏天那样使得我上床的时候弄堂里还有人高唱《孟姜女》，而在我起身以前却又是满弄堂的洗马桶的声音，直没有片刻的安静，而也不同于秋天。秋天是苍蝇蚊虫的世界，而也是疟疾光临我的季节呵！

然而对于"冬"有恶感，则始于最近。拥着热被窝让思想跑野马那样的事，已经不高兴再做了，而又没有草地给我去"放野火"。何况近年来的冬季好像一年比一年冷，我不得不自愿多穿点衣服，并且把窗门关紧。

不过我也理智地较为认识了"冬"。我知道"冬"毕竟是"冬"，摧残了许多嫩芽，在地面上造成恐怖；我又知道"冬"只不过是"冬"，北风和霜雪尽管凶狠，终不能永远地统治这大地。相反的，冬天的寒冷愈甚，就是"冬"的运命快要告终，"春"已在叩门。

"春"要来到的时候，一定先有"冬"。冷罢，更加冷罢，你这吓人的冬！

1934 年 1 月。

风景谈

　　前夜看了《塞上风云》的预告片，便又回忆起猩猩峡外的沙漠来了。那还不能被称为"戈壁"，那在普通地图上，还不过是无名的小点，但是人类的肉眼已经不能望到它的边际，如果在中午阳光正射的时候，那单纯而强烈的反光会使你的眼睛不舒服；没有隆起的沙丘，也不见有半间泥房，四顾只是茫茫一片，那样的平坦，连一个"坎儿井"也找不到；那样的纯然一色，即使偶尔有些驼马的枯骨，它那微小的白光，也早融入了周围的苍茫；又是那样的寂静，似乎只有热空气在作哄哄的火响。然而，你不能说，这里就没有"风景"。当地平线上出现了第一个黑点，当更多的黑点成为线，成为队，而且当微风把铃铛的柔声，叮当，叮当，送到你的耳鼓，而最后，当那些昂然高步的骆驼，排成整齐的方阵，安详然而坚定地愈行愈近，当骆驼队中领队驼所掌的那一杆长方形猩红大片耀入你眼帘，而且大小叮当的谐和的合奏充满了你耳管——这时间，也许你不出声，但是你的心里会涌上了这样的感想的：多么庄严，多么妩媚呀！这里是大自然的最单调最平板的一面，然而加上了人的活动，就完全改观，难道这不是"风景"吗？自然是伟大的，然而人类更伟大。

　　于是我又回忆起另一个画面，这就在所谓"黄土高原"！那边的山多数是秃顶的，然而层层的梯田，将秃顶装扮成稀稀落落有些黄毛的癞头，特别是那些高秆植物颀长而整齐，等待检阅的队伍似的，在晚风中摇曳，别有一种惹人怜爱的姿态。可是更妙的是三五月明之夜，天是那样的蓝，几乎透明似的，月亮离山顶，似乎不过几尺，远看山顶的小米丛密挺立，宛如人头上的怒发，这时候忽然从山脊上长出两支牛角来，随即牛的全身也出现，掮着犁的人形也出现，并不多，只有三两个，也许还跟着个小孩，他们姗姗而下，在蓝的天、黑的山、银色的月光的背景上，成就了一幅剪影，如果给田园诗人见了，必将赞叹为绝妙的题材。可是没有完。这几位晚归的种地人，还把他们那粗朴的短歌，用愉快的旋律，从山顶上飘下来，直到他们没入了山坳，依旧只有蓝天明月黑魆魆的山，歌声可是缭绕不散。

另一个时间。另一个场面。夕阳在山，干坼的黄土正吐出它在一天内所吸收的热，河水汤汤急流，似乎能把浅浅河床中的鹅卵石都冲走了似的。这时候，沿河的山坳里有一队人，从"生产"归来，兴奋的谈话中，至少有七八种不同的方音。忽然间，他们又用同一的音调，唱起雄壮的歌曲来了，他们的爽朗的笑声，落到水上，使得河水也似在笑。看他们的手，这是惯拿调色板的，那是昨天还拉着提琴的弓子伴奏着《生产曲》的，这是经常不离木刻刀的，那又是洋洋洒洒下笔如有神的，但现在，一律都被锄锹的木柄磨起了老茧了。他们在山坡下，被另一群所迎住。这里正燃起熊熊的野火，多少曾调朱弄粉的手儿，已经将金黄的小米饭，翠绿的油菜，准备齐全。这时候，太阳已经下山，却将它的余辉幻成了满天的彩霞，河水喧哗得更响了，跌在石上的便喷出了雪白的泡沫，人们把沾着黄土的脚伸在水里，任它冲刷，或者掬起水来，洗一把脸。在背山面水这样一个所在，静穆的自然和弥满着生命力的人，就织成了美妙的图画。

在这里，蓝天明月，秃顶的山，单调的黄土，浅濑的水，似乎都是最恰当不过的背景，无可更换。自然是伟大的，人类是伟大的，然而充满了崇高精神的人类的活动，乃是伟大中之尤其伟大者！

我们都曾见过西装革履烫发旗袍高跟鞋的一对儿，在公园的角落，绿荫下长椅上，悄悄儿说话，但是试想一想，如果在一个下雨天，你经过一边是黄褐色的浊水，一边是怪石峭壁的崖岸，马蹄很小心地探入泥浆里，有时还不免打了一下跌撞，四面是静寂灰黄，没有一般所谓的生动鲜艳，然而，你忽然抬头看见高高的山壁上有几个天然的石洞，三层楼的亭子间似的，一对人儿促膝而坐，只凭剪发式样的不同，你方能辨认出一个是女的，他们被雨赶到了那里，大概聊天也聊够了，现在是摊开着一本札记簿，头凑在一处，一同在看——试想一想，这样一个场面到了你眼前时，总该和在什么公园里看见了长椅上有一对儿在偎倚低语，颇有点味儿不同罢！如果在公园时你一眼瞥见，首先第一会是"这里有一对恋人"，那么，此时此际，倒是先感到那样一个沉闷的雨天，寂寞的荒山，原始的石洞，安上这么两个人，是一个"奇迹"，使大自然顿时生色！他们之是否恋人，落在问题之外。你所见的，是两个生命力旺盛的人，是两个清楚明白生活意义的人，在任何情形之下，他们不倦怠，也不会百无聊赖，更不至于从胡闹中求刺激，他们能够在任何情况之下，拿出他们那一套来，怡然自得。但是什么能使他们这样呢？

不过仍旧回到"风景"罢；在这里，人依然是"风景"的构成者，没有了人，还有什么可以称道的？再者，如果不是内生活极其充满的人作为这里的主宰，那又有什么值得怀念？

再有一个例子：如果你同意，二三十棵桃树可以称为林，那么这里要说的，正是这样一个桃林。花时已过，现在绿叶满株，却没有一个桃子。半爿旧石磨，是最漂亮的圆桌面，几尺断碑，或是一截旧阶石，那又是难得的几案。现成的大小石块作为凳子——而这样的石凳也还是以奢侈品的姿态出现。这些怪样的家具之所以成为必要，是因为这里有一个茶社。桃林前面，有老百姓种的荞麦，也有大麻和玉米这一类高秆植物。荞麦正当开花，远望去就像一张粉红色的地毯，大麻和玉米就像是屏风，靠着地毯的边缘。太阳光从树叶的空隙落下来，在泥地上、石家具上，一抹一抹的金黄色。偶尔也听得有草虫在叫，带住在林边树上的马儿伸长了脖子就树干搔痒，也许是乐了，便长嘶起来。"这就不坏！"你也许要这样说。可不是，这里是有一般所谓"风景"的一些条件的！然而，未必尽然。在高原的强烈阳光下，人们喜欢把这一片树荫作为户外的休息地点，因而添上了什么茶社，这是这个"风景区"成立的因缘，但如果把那二三十棵桃树，半爿磨石，几尺断碣，还有荞麦和大麻玉米，这些其实到处可遇的东西，看成了此所谓风景区的主要条件，那或者是会贻笑大方的。中国之大，比这美得多的所谓风景区，数也数不完，这个值得什么？所以应当从另一方面去看。现在请你坐下，来一杯清茶，两毛钱的枣子，也做一次桃园的茶客罢。如果你愿意先看女的，好，那边就有三四个，大概其中有一位刚接到家里寄给她的一点钱，今天来请请同伴。那边又有几位，也围着一个石桌子，但只把随身带来的书籍代替了枣子和茶了。更有两位虎头虎脑的青年，他们走过"天下最难走的路"，现在却静静地坐着，温雅得和闺女一般。男女混合的一群，有坐的，也有蹲的，争论着一个哲学上的问题，时时哗然大笑，就在他们近边，长石条上躺着一位，一本书掩住了脸。这就够了，不用再多看。总之，这里有特别的氛围，但并不古怪。人们来这里，只为恢复工作后的疲劳，随便喝点，要是袋里有钱；或不喝，随便谈谈天；在有闲的只想找一点什么来消磨时间的人们看来，这里坐得不舒服，吃的喝的也太粗糙简单，也没有什么可以供赏玩，至多来一次，第二次保管厌倦。但是不知道消磨时间为何物的人们却把这一片简陋的绿荫看得很可爱，因此，这桃林就很出名了。

因此，这里的"风景"也就值得留恋，人类的高贵精神的辐射，填补了自然界的疲乏，增添了景色，形式的和内容的。人创造了第二自然！

最后一段回忆是五月的北国。清晨，窗纸微微透白，万籁俱静，嘹亮的喇叭声，破空而来。我忽然想起了白天在一本贴照簿上所见的第一张，银白色的背景前一个淡黑的侧影，一个号兵举起了喇叭在吹，严肃，坚决，勇敢和高度的警觉，都表现在小号兵的挺直的胸膛和高高的眉棱上边。我赞美这摄影家的艺术，我回味着，我从当前的喇叭声中也听出了严肃，坚决，勇敢和高度的警觉来，于是我披衣出去，打算看一看。空气非常清冽，朝霞笼住了左面的山，我看见山峰上的小号兵了。霞光射住他，只觉得他的额角异常发亮，然而，使我惊叹叫出声来的，是离他不远有一位荷枪的战士，面向着东方，严肃地站在那里，犹如雕像一般。晨风吹着喇叭的红绸子，只这是动的；战士枪尖的刺刀闪着寒光，在粉红的霞色中，只这是刚性的。我看得呆了，我仿佛看见了民族的精神化身而为他们两个。

如果你也当它是"风景"，那便是真的风景，是伟大中之最伟大者！

1940 年 12 月。

森林中的绅士

据说北美洲的森林中有一种"得天独厚"的野兽，这就是豪猪，这是"森林中的绅士"！

这是在头部、背部、尾巴上，都长着钢针似的刺毛的四足兽，所谓"绅士相处，应如豪猪与豪猪，中间保持相当的距离"，就因为太靠近了彼此都没有好处。不过豪猪的刺还是有形的，绅士之刺则无形，有形则长短有定，要保持相当的距离总比无形者好办些，而这也是摹仿豪猪的绅士们"青出于蓝"的地方。

但豪猪的"绅士风度"之可贵，尚不在那一身的钢针似的刺毛。它是矮胖胖的，一张方正而持重的面孔，老是踱着方步，不慌不忙。它的潇洒悠闲，实在也到了殊堪钦佩的地步：可以在一些滋味不坏的灌木丛中玩上一个整天，很有教养似的边走边哼，逍遥自得，无所用心，宛然是一位乐天派。它不喜群居的生活，但也并非完全孤独，由此可见它在"待人接物"上多么有分寸。

若非万不得已，它决不旅行，整年整季，它的活动范围不出三四里地。一连几星期，它只在三四棵树上爬来爬去；它躺在树枝间，从容自在地啃着树皮，啃得倦了，就打个瞌睡；要是睡中一个不小心倒栽下来，那也不要紧，它那件特别的长毛大衣会保护它的尊躯。

它也不怕跌落水里去，它全身的二万刺毛都是中空的，它好比穿了件救生衣，一到水里，自会浮起来的。

而这些空心针似的刺毛又是绝妙的自卫武器，别的野兽身上要是刺进了几十枚这样的空心针，当然会有性命之忧，因为这些空心针是角质的，刺进了温湿的肌肉，立刻就会发胀，而且针上又遍布了倒钩，倒钩也跟着胀大，倒钩的斜度会使得那针愈陷愈深。因此，遇到外来的攻击时，豪猪的战术是等在那里"挨打"，让敌人自己碰伤，知难而退。因为它那些刺毛只要轻轻一碰就会掉落，而又因其尖利非凡，故一碰之下未有不刺进皮肉的。

然而具有这样头等的自卫武器的它，却有老大的弱点：肚皮底下没刺毛，这是不设防地带，小小的老鼠只要能够设法钻到豪猪的肚皮底下，就是胜利者了。但尤其脆弱者，是豪猪的鼻子。一根棍子在这鼻尖上轻轻敲一下，就是致命的。这些弱点，豪猪自己知道得很清楚；所以遇到敌人的时候，它就把脑袋塞在一根木头下面，这样先保护好它那脆弱的鼻子，然后四脚收拢，平伏地面，掩蔽它那不设防的腹部，末了，就耸起浑身的刺毛，摆好了"挨打"的姿势。当然，它还有一根不太长然而也还强壮有力的尾巴（和它身长比较，约为五与一之比），真是一根狼牙棒，它可以左右挥动，敌人要是挨着一下，大概受不住；可是这根尾巴的挥动因为缺乏一双眼睛来指示目标，也只是守势防御而已。

敌人也许很狡猾，并不进攻，却悄悄地守在旁边静候机会，那时候，豪猪不能不改变战术了。它从掩蔽部抽出了鼻子，拼命低着头（还是为的保护鼻子），倒退着走，同时猛烈挥动尾巴，这样"背进"到了最近一棵树，它就笨拙地往上爬，爬到了相当高度，自觉已无危险，便又安安逸逸躺在那里啃起嫩枝来，好像根本没有发生过什么事情似的。

这真是典型的绅士式的"镇静"。的的确确，它的一切生活方式——连它的战术在内，都是典型的绅士式的。但正像我们的可敬的绅士们尽管"得天独厚"，优游自在，却也常常要无病呻吟一样，豪猪也喜欢这调门。好好地它会忽然发出了声音摇曳而凄凉的哀号，单听那声音，你以为这位"森林中的绅士"一定是碰到绝大的危险，性命就在顷刻间了；然而不然。它这时安安逸逸坐在树梢上，方正而持重的脸部照常一点表情也没有，可是它独自在哀啼，往往持续至一小时之久，它这样无病而呻吟是玩玩的。

据说向来盛产豪猪的安地郎达克山脉，现在也很少看见豪猪了，以至美国地方政府不得不用法令来保护它了。为什么这样"得天独厚"，具有这样巧妙自卫武器的豪猪会渐有绝种之忧呢？是不是它那种太懒散而悠闲的生活方式使之然呢？还是因为它那"得天独厚"之处存在着绝大的矛盾——几乎无敌的刺毛以及毫无抵抗力的暴露着的鼻子——所以结果仍然于它不利呢？

我不打算在这里来下结论，可是我因此更觉得豪猪的"生活方式"叫人看了寒心。

1945 年 5 月 21 日。

雾

雾遮没了正对着后窗的一带山峰。

我还不知道这些山峰叫什么名儿。我来此的第一夜就看见那最高的一座山的顶巅像钻石装成的宝冕似的灯火。那时我的房里还没有电灯，每晚上在暗中默坐，凝望这半空的一片光明，使我记起了儿时所读的童话。实在的呢，这排列得很整齐的依稀分为三层的火球，衬着黑魆魆的山峰的背景，无论如何，是会引起非人间的缥缈的思想的。

但在白天看来，却就平凡得很。并排的五六个山峰，差不多高低，就只最西的一峰戴着一簇房子，其余的仅只有树；中间最大的一峰竟还有濯濯的一大块，像是癞子头上的疮疤。

现在那照例的晨雾把什么都遮没了，就是稍远的电线杆也躲得毫无影踪。

渐渐地太阳光从浓雾中钻出来了。那也是可怜的太阳呢！光是那样的淡弱。随后它也躲开，让白茫茫的浓雾吞噬了一切，包围了大地。

我诅咒这抹煞一切的雾！

我自然也讨厌寒风和冰雪。但和雾比较起来，我是宁愿后者呵！寒风和冰雪的天气能够杀人，但也刺激人们活动起来奋斗。

雾，雾呀，只使你苦闷，使你颓唐阑珊，像陷在烂泥淖中，满心想挣扎，可是无从着力呢！

傍午的时候，雾变成了牛毛雨，像帘子似的老是挂在窗前。两三丈以外，便只见一片烟云——依然遮抹一切，只不是雾样的罢了。没有风。门前池中的残荷梗时时忽然急剧地动摇起来，接着便有红鲤鱼的活泼泼的跳跃划破了死一样平静的水面。

我不知道红鲤鱼的轨外行动是不是为了不堪沉闷的压迫？在我呢，既然没有杲杲的太阳，便宁愿有疾风大雨，很不耐这愁雾的后身的牛毛雨老是像帘子一样挂在窗前。

1928 年 11 月 14 日。

致文学青年

做这篇文章的人，也是常常欢喜就文学方面发表些意见，并且常常自以为血管中尚留存着青年的情热，常常还有些"狂戆"的举动。以这"资格"——如果你说这也算是"资格"，敢对青年们之爱好文艺或志愿文艺者说几句话。

任何人都有爱好文艺的性习。一个推小车的苦力，如果他的经济情形许可，在劳役之后到茶馆里去听《水浒》，或是到游戏场内去看"笃笃班"，便是他的爱好文艺的性习的表现。

乡间社戏，草台前挤满了焦脸黄泥腿的农村劳动者，在他们的额上皱纹的一舒展间，也便表现出他们的爱好文艺的性习。自然，你很可以说茶馆里的说书者，游戏场内的绍兴"笃笃班"，乡间农忙后的神戏一台，都是趣味低劣，都不合于咱们现在所谓"文艺"的条件，但是请不要忘记，这并不是因为他们（推小车的活力，乡村的劳农，等等）天生成了只有低劣趣味的爱好文艺的性习，而是因为他们并不像你和我一是少爷出身，受过文化的教养，生活在"高贵的"趣味中，并且社会所供给的能够适合于他们经济状况的娱乐（就是他们还能够勉强负担的娱乐费），也只有那样趣味低劣的货色。除了这因经济条件而生的差别以外，他们在听《水浒》，看"笃笃班"时所表现的爱好文艺的性习并不和你们看"高贵"趣味的文艺作品时的爱好艺的性习有什么本质上的差别。

再进一层言，他们一般对于文艺作品（你不要笑，请暂时为说述方便计，把文艺作品这头衔借给茶馆的说书，游戏场内的"笃笃班"等等一类罢）的态度很严肃。他们上书场，听"笃笃班"，看社戏，并非完全为了娱乐，为了消遣，他们是下意识地怀着一个目的——要理解他们所感得奇怪的人生及其究极，他们常常有勇敢的批评的精神。（再请你不要笑，我们把庄严的"批评"这术语，也慷慨一下罢）从前有一本笔记小说记述扮演曹操的戏子被看戏的农民当场用斧砍杀，便可以说明他有勇敢的批评的精神，他们把戏文当作真实的人生来认识，他们看戏时的态度异常严肃。这种严肃的态度，勇敢的批评的精神，便是爱好文艺的性习之最健全的活动。反之，把文艺作品当作消遣，当作"借酒浇愁"，当作只是舞台上纸面上的离合悲欢，那便是爱好文艺的性习之十足的病态的表现，那也只有少爷出身，受过文化的教养，生活在高贵的趣味中的人们才会有这病态。

所以，我再说一遍，任何人都有爱好文艺的性习。青年的你们，在这危疑震持的时代，社会层处处露出罅裂，人生观要求改造的时代，爱好文艺，自是理之必然。我并不以为青年爱好文艺，便是青年感情浮动的征象，我更不以为青年爱好文艺便是青年缺乏科学头脑的征象。是的，我们不应该笼统地反对青年们之爱好文学，我们应该反对的，是青年们中间尚犹不免的对于文学的病态——没有严肃的态度和批评的精神。我们尤其不能不反对的，是把"爱好文艺"当作个人的"志问"！曾听说某地中学入学试验中有"试各言尔志"那样意义的题目，结果有许多答案是"爱好文艺"。这显然是把"爱好文艺"的意义误解了。爱好文艺是人类的本能（这里所用"文艺"二字是广义的），自原始人即已然。如里说一个人"志在文艺"，那就是另一件事了。我们自然不赞成现代青年都"志在文艺",同时我们也反对抑制人类的爱好文艺的本能。问题是：第一，千万不要把"爱好文艺"误为个人的"立志"；第二，即使是意识地要"立志"在文艺，也不可以随随便便就"立"。

这里，就到了又一句常常接触看我们的耳朵的青年们常有的问话：怎样研究文学？这问句的意义就表示问者已经"立志"研究文艺，故而来询问方法了。"立志"总是可嘉的，但"志"在某事件的先决条件是对于某事件先须有一个充分的知识，不然，就是随随便便的"立"，不幸我们在"怎样研究文学"的发问中很可以嗅得出随随便便的"立"。

"研究文学"一语，现在常被含糊地使用。这结果便是青年们对于文学的"志"随随便便地"立"。应该把"研究文学"一语先有基本的分析。必须先得认明"研究文学"这一语至少含有两方面不同的工作：一是把文学当作一种科学而研究，又一便是写撰文艺作品，普通所谓"创作"。前者是探讨文艺之史的发展、文艺之社会的意义、文艺之时代的构成的因素。就是把文艺当作社会现象之一，因而文艺这特殊学科也就成了社会科学之一。由这样的理解来研究文学也就和研究其他社会科学（就是社会现象之各个特殊部门）一样，可以是一个人终身攻治的事业。这样的终身事业，不但需要一个人毕生的精力，并且还需要有利的环境，例如学习必要知识时的经济的支持（换一句具体的话，就是进大学校文学史科的经济能力），以及研究时期的材料的供给，（譬如在没有公共的完备的图书馆的中国，你就不能不自己设法去弄到各种旧有的或新出的书籍）。因而这个"研究文学"的"志"也就不能随随便便地"立"起来。其次，写撰文艺作品，做"创作家"；我觉得一般青年所谓"研究文艺"大概是指这方面而言。粗看起来，这个"志"不难"立"。只要有笔，有墨，有纸，有时间，你就可以写作。并且在这知识分子失业恐慌极严重的现在中国，青年知识者当然觉得还是选择这项

"没本钱的生意"，较胜于奴颜婢膝地求职业以及暮夜苞苴地谋差使了。这样"立志"在写作文艺作品以为谋生之道，谁也不能非难他的，可是我们不能不说他这计划必将失败，他将饿死了结。如果他"立志"要做一个有点社会意义的作者，那么他的饿死更快！因为中国的社会还没有从"低劣趣味"中完全挣扎出来，因为中国的文坛还没走上正确发展的轨道，因为中国读者的购买力非常薄弱。如果你的"志"在文艺创作并不是谋生之道，你有你所专门攻研的学业，你有养活你身体的职业，你只是固有的创造欲要求发泄，那就是另一个问题了。原则上我很赞成这样的"志"在文艺。但也不是说你有了养活你的职业，你又有时间，你在茶余酒后创作本能要求发泄的时候，你有笔有墨有纸，你就可以写作了。不是的！如果你并没把文艺作品当作消遣，当作个人的愁垒牢块笑影啼痕的影片，而是很严肃地认识了文艺的意义的，那么事情就不该这样办。自然我们并不以为文艺是什么艺术之神的神庙里的神秘的东西，我们也不承认什么创作家一定有他的天才或灵感一类的鬼话，我们承认一个推小车的苦力在休息时对他的伙伴们所说述的一个故事，也可以有文艺的价值；但是我们很反对那些没有深切的人生意义和社会价值的个人情感的产物，我们更反对那些彻头彻尾以游戏的态度去观察人生而且写成的文艺作品。认真想使自己的作品对社会有贡献的态度正确的有志文艺者在动手创作之前，必须有充分的修养。首先他应该认明社会这机构的发展的方向；如果他已经能够在社会现象中看到矛盾或不平衡，那么他应该认明白这矛盾或不平衡正是旧的社会机构经过烂熟而达于崩溃这阶段时必然的现象，并且他应该了解唯有新机构的产生才能造成新的和谐与平衡。是的，他应得从深处去分析人生，去理解人生；他应得认明人类历史的进化的路线，并且了解自己对于人类和社会的使命。具体说，他一定得努力探求人们每一行动之隐伏的背景，探索到他们的社会关系和经济的基础。仅仅有丰富的人生经验是不够的，主要的是他对他的经验有怎样的理解，因而他在动手创作之前不能不先有理解社会现象的能力，就是他不能不先有那解释社会现象的社会科学的知识。除这而外，自然还有艺术上的修养；他可以从古代的作家学习描写的艺术，但应该记好，这该是朴质有力明快的描写手法，而不是那些以诡奇的形式掩盖了贫乏的内容的作品。

如果青年们的"怎样研究文艺"的发问是"怎样准备创作"的代用语，那么，我的回答便如上述。充分的修养。慎勿轻率！慎勿认为作家的一篇作品是产于一时的"灵感"！绝对不是的！没有什么神妙的灵感，只是对社会现象的深湛的理解和精密分析！慎勿认为一切的所见所闻都有文艺作品材料的价值！绝对不是的！只有那些能够表现出社会动乱之隐伏的背景的人生材料才有价值！最后，我再说一遍，打算以撰写文艺作品为谋生之道，在现代恰就是饿死之道，而且直到死时也不会得到社会上大多数人的同情！

再说一遍，任何人都有爱好文字的性习，所以任何人应该养成正确地理解文艺作品的能力（关于这点，我希望以后有机会再说），只有老顽固才反对青年看小说看戏曲；但并不是就说每个青年都应该以文学为事业。如果现代大多数青年当真在打算做文学家，那就不折不扣是混乱的现中国的严重的病态！如果我们只认为是青年本身之过失，那就和浅薄的小说家一样只看到事物的表面罢了！

我没有看见写信给《中学生》杂志社询问"怎样研究文学"的打算做文学家的青年是怎样措词。因而我无从知道他们的动机是什么。但是我们不妨猜想一下，可能的动机是两个：一是上面已经说过的知识青年既无祖遗的财产又感到求职的困难，因而转念及此"不要本钱的生意"。这是一个经济的动机，我们上面已经论及，此处可以不必再说了，其二是并没生活的恐慌，徒因"爱好"文艺而要为文学家，在人各有其所好这一点上，我们亦未便厚非。这两种可能的动机都还是情理之常。可是只此二动机，决不会是大多数青年都想做文学家。如果当真是大多数青年想做文学家，那一定另有其原因了。于是我们的猜测也就不能不转到不大名誉的一方面，就是所说"浮而不实"。本来做文艺作家并不是轻而易举的事，如上文所述，一个文艺作家的修养很要费些苦心。但是因为中国社会直到现在还乏普通的严肃的文学观念，一般人尚认为只要有笔，有墨，有纸，有时间，能写，就可以创作，于是同样地染着这种错误观念的一部分青年便觉得世间事无若文学家之轻而易举而且名利双收了。这种观念便是"浮而不实"的注脚。我们毋庸讳言，志在文艺的青年中间不免有一部分是染有这样的错误观念而且这样错误地想做文学家，在这种错误观念之下，一定不能产生真正的有价值的文学家。反过来说，非待社会里已经普遍地有了正确的严肃的文学观，这种错误地想做文学家的观念一定不能在青年中绝灭。所以如果忧虑着这种"浮而不实"的想做文学家的动机之蔓延为有害于青年，只有更加努力于正确的严肃的文学观念之传布深入，才是对症的良药！如果想用大家不谈文学的方法来阻止这弊害，那也是很错误的见解。

人们也还有这样一个猜测：中国是产业不发达，自然科学不发达，政治是乱糟糟，因而有才智的青年便感觉到如果学习他种学科将有学成而无所施其巧的痛苦，因而都选择了文学这一条路了。这个猜测，原亦有相当的理由，可是仅仅相当的理由而已，并且事实上并不如此。事实上是近十年来头脑清楚才智卓越的青年都干政治运动去了，而且殉身于政治运动的，亦已经很多很多了。即使有感得他无可为而要献身于文艺的青年，大抵只是青年中之缺乏刚毅猛鸷的气质而不适宜于政治运动的一流罢，然而这样的人大概亦不会是很多的罢！

　　所以我们好为文学家的青年之可惊的多，当作一个社会现象来看，我们粗可分析为如上述的四个原因。而此四原因中，一、三两原因都表示了混乱的现代中国的严重的病态。特别是第三原因是牵连到文学界本身之尚未健全。我们不愿认为青年本身的过失，但是也不能不说对文学的错误的认识（认为世间事无若做文学家之轻而易举而且名利双收），应该由迫切地追问着"怎样研究文学"的青年来共同努力矫正才好！

　　1931 年 3 月 16 日。

故乡杂记·半个月的印象

天气骤然很暖和，简直可以穿"夹"。乡下人感谢了天公的美意，看看米瓮里只剩得几粒，不够一餐粥，就赶快脱下了身上的棉衣，往当铺里送。

在我的故乡，本来有四个当铺；他们的主顾最大多数是乡下人。但现在只剩了一家当铺了。其余的三家，都因连年的营业连"官利都打不到"，就乘着大前年太保阿书部下抢劫了一回的借口，相继关了门了。仅存的一家，本也"无意营业"，但因那东家素来"乐善好施"，加以省里的民政厅长（据说）曾经和他商量"维持农民生计"，所以竟巍然独存。然而今年的情形也只等于"半关门"了。

这就是一幅速写：

早晨七点钟，街上还是冷清清的时候，那当铺前早已挤满了乡下人，等候开门。这伙人中间，有许多是天还没亮足，就守候在那里了。他们并没有什么值钱的东西。身上刚剥下来的棉衣，或者预备秋天嫁女儿的几丈土布，再不然——那是绝无仅有的了，去年直到今年卖来卖去总是太亏本因而留下来的半车丝。他们带着的这些东西，已经是他们财产的全部了，不是因为锅里等着米去煮饭，他们未必就肯送进当铺，永远不能再见面。（他们当了以后永远不能取赎，也许就是当铺营业没有利益的一个原因罢？）好容易等到九点钟光景，当铺开门营业了，这一队在饥饿线上挣扎的人们就拼命地挤轧。当铺到十二点钟就要"停当"，而且即使还没到十二点钟，却已当满了一百二十块钱，那也就要"停当"的；等候当了钱去买米吃的乡下人，因此不能不拼命挤上前。

挤了上去，抖抖索索地接了钱又挤出来的人们就坐在沿街的石阶上喘气，苦着脸。是"运气好"，当得了钱了；然而看着手里的钱，不知是去买什么好。米是顶要紧，然而油也没有了，盐也没有了；盐是不能少的，可是那些黑滋滋像黄沙一样的盐却得五百多钱一斤，比生活程度最高的上海还要贵些。这是"官"盐；乡村里有时也会到贩私盐的小船，那就卖一块钱五斤，还是二十四两的大秤。可是缉私营厉害，乡下人这种吃便宜盐的运气，一年内碰不到一两回的。

看了一会儿手里的钱，于是都叹气了。我听得了这样的对话在那些可怜的焦黄脸中间往来：

"四丈布吧！买棉纱就花了三块光景，当当布，只得两块钱！"

"再多些也只当得两块钱。——两块钱封关！"

"阿土的爷那半车丝，也只喝了两块钱；他们还说不要。"

不要丝呵！把蚕丝看成第二生命的我们家乡的农民做梦也没有想到他们这第二生命已经进了鬼门关！他们不知道上海银钱业对着受抵的大批陈丝陈茧皱眉头，是说"受累不堪"！他们更不知道此次上海的战争更使那些搁浅了的中国丝厂无从通融款项来开车或收买新茧！他们尤其不知道日本丝在纽约抛售，每包合关平银五百两都不到，而据说中国丝成本少算亦在一千两左右呵！

这一切，他们辛苦饲蚕，把蚕看作比儿子还宝贝的乡下人是不会知道的，他们只知道祖宗以来他们一年的生活费靠着上半年的丝茧和下半年田里的收成；他们只见镇上人穿着亮晃晃的什么"中山绸""明华葛"，他们却不知道这些何尝是用他们辛苦饲养的蚕丝，反是用了外国的人造丝或者是比中国丝廉价的日本丝呀！

遍布于我的故乡四周围，仿佛五步一岗，十步一哨的那些茧厂，此刻虽然是因为借驻了兵，没有准备开秤收茧的样子，可是将要永远这样冷关着，不问乡下人卖茧子的梦是做得多么好！

但是我看见这些苦着脸坐在沿街石阶上的乡下人还空托了十足的希望在一个月后的"头蚕"。他们眼前是吃尽当完，差不多吃了早粥就没有夜饭，——如果隔年还省下二三个南瓜，也算作一顿，是这样的挣扎，然而他们饿里梦里决不会忘记怎样转弯设法，求"中"求"保"，借这么一二十块钱来作为一个月后的"蚕本"的！他们看着那将近"收蚁"的黑霉霉的"蚕种"，看着桑园里那"桑拳"上一撮一丛绿油油的嫩叶，他们觉得这些就是大洋钱、小角子、铜板；他们会从心窝里漾上一丝笑意来。

我们家有一位常来的"丫姑老爷"——他的女人从前是我的祖母身边的丫头，我想来应该尊他为"丫姑老爷"庶几合式，就是怀着此种希望的。他算是乡下人中间境况较好的了，他是一个向来小康的自耕农，有六七亩稻田和靠三十来担的"叶"。他的祖父手里，据说还要"好"；账簿有一叠。他本人又是非常勤俭，不喝酒，不吸烟，连小茶馆也不上。他使用他的田地不让那田地有半个月的空闲。我们家那"丫小姐"，也委实精明能干，粗细都来得。凭这么一对儿，照理该可以兴家立业的了；然而不然，近年来也拖了债了。可不算多，大大小小百十来块罢？他希望在今年的"头蚕"里可以还清这百十来块的债。他向我的婶娘"掇转"二三十元，预备乘这时桑叶还不贵，添买几担叶。（我们那里称这样的"期货叶"为"赊叶"，不过我不大明白是不是这个"赊"字。）我觉得他这"希望"是筑在沙滩上的，我劝他还不如待价而沽他自己的二十来担叶，不要自己养蚕。我把养蚕是"危险"的原因都说给他听了，可是他沉默了半晌后，摇着头说道：

"少爷！不养蚕也没有法子想。卖叶呵，二十担叶有四十块卖算是顶好了。一担茧子的'叶本'总要二十担叶，可是去年茧子价钱卖到五十块一担。只要蚕好！到新米收起来，还有半年；我们乡下人去年的米能够吃到立夏边，算是难得的了，不养蚕，下半年吃什么？"

"可是今年茧子价钱不会像去年那样好了！"

我用了确定的语气告诉他。

于是这个老实人不作声了，用他的细眼睛看看我的面孔，又看看地下。

"你是自己的田，去年这里四乡收成也还好，怎么你就只够吃到立夏边呢？而且你又新背了几十块钱债？"

我转换了谈话的题目了。可是我这话刚出口，这老实人的脸色就更加难看——我猜想他几乎要哭出来。他叹了口气说：

"有是应该还有几担，我早已当了。镇里东西样样都贵了，乡下人田地里种出来的东西却贵不起来，完粮呢，去年又比前年贵——一年一年加上去。零零碎碎又有许多捐，我是记不清了。我们是拼命省，去年阿大的娘生了个把月病，拼着没有看郎中吃药——这么着，总算不过欠了几十洋钿新债。今年蚕再不好，那就——"

他顿住了，在养蚕这一项上，乡下人的迷信特别厉害，凡是和蚕有关系的不吉利字面，甚至同音字，他们都忌讳出口的。

我们的谈话就此断了。我给这位"丫姑老爷"算一算，觉得他的自耕农地位未必能够再保持两三年。可是他在村坊里算是最"过得去"的。人家都用了羡妒的眼光望着他：第一，因为他不过欠下百十来块钱债，第二，他的债都是向镇上熟人那里"掇转"来，所以并没花利息。在这一点上，不能不说这位聪明的"丫姑老爷"深懂得"理财"方法，便做一个财政总长好像也干得下：他仗着镇上有几个还能够过得去的熟人，就总是这里那里十元二十元的"掇"，他的期限不长，至多三个月，"掇"了甲的钱去还乙，又"掇"了丙的钱去还甲，这样用了"十个缸九个盖"的方法，他不会到期拖欠，他就能够"掇"而不走付利息的"借"那一条路了；可是他的开支却不能不一天一天大，他的进项却没法增加，所以他的债终于也是一年多似一年。他是在慢性地走上破产！也就是聪明的勤俭的小康的自耕农的无可避免的命运了！

后来我听说他的蚕也不好，又加以茧价太贱，他只好自己缫丝了，但是把丝去卖，那就简直没有人要；他拿到当铺里，也不要，结果他算是拿丝进去换出了去年当在那里的米，他赔了利息，可是这掉换的标准是一车丝换出六斗米，照市价还不到六块钱！

东南富饶之区的乡下人生命线的蚕丝，现在是整个儿断了！

然而乡下人间接的负担又在那里一项一项地新加出来。上海虽然已经"停战"，可是为的要"长期抵抗"，向一般小商人征收的"国难捐"就来了。照告示上看，这"国难捐"是各项捐税照加二成，六个月为期。有一个小商人谈起这件事，就哭丧着脸说：

"市面已经冷落得很。小小镇头，旧年年底就倒闭了二十多家铺子。现在又加上这国难捐，我们只好不做生意。"

"国难！要是上海还在那里打仗，这捐也还有个名目！"

又一个人说。我认识这个人，是杂货店的老板。他这铺子，据我所知，至少也有三十年的历史；可是三十年来从他的父亲到他手里，这铺子始终是不死不活，若有若无。现在他本人是老板，他的老婆和母亲就是店员——不，应该说他之所以名为老板，无非因为他是一家中唯一的男子，他并不招呼店里的事情，而且实在亦无须他招呼；他每天的生活就是到处跑，把镇上的"新闻"或是轮船埠上客人从外埠带来的新闻，或是长途电话局里所得的外埠新闻，广播台似的告诉他所有的相识者——他是镇上义务的活动"两脚新闻报"。此外，他还要替几个朋友人家帮衬婚丧素事，甚至于日常家务。他就是这么一位身子空、心肠热的年轻人。每天他的表情最严肃的时候是靠在别家铺子的柜台上借看那隔天的上海报纸。

当时我听了他那句话，我就想到他这匆忙而特别的生活与脾气，我忍不住心里这么想：要是他放在上海，又碰着适当的环境，那他怕不是鼎鼎大名交际博士黄警顽[1]先生第二！

"能够只收六个月，也就罢了；凶在六个月期满后一定还要延期！"

原先说话的那位小商人表示了让步似的又加这一句。我就问道：

"可是告示上明明说只收六个月？"

"不错，六个月！期限满了以后，我们商会就捏住这句话可以不付。可是他们也有新法子：再来一个新名目——譬如说'省难捐'罢，反正我们的'难'天天有，再多收六个月的二成！捐加了上去，总不会减的，一向如此！"

那小商人又愤愤地说。他是已经过了中年还算过得去的商人，六个月的附捐二成，在他还可以忍痛应付，他的愤愤和悲痛是这附捐将要永远附加。我们那位"两脚新闻报"却始终在那里哗然争论这"国难捐"没有名目。他对我说：

"你说是不是：已经不打东洋人了，还要来抽捐，那不是太岂有此理？"

"还要打呢！刚才县里来了电话，有一师兵要开来，叫商会里预备三件事：住的地方，困的稻草，吃的东西！"

忽然跑来了一个人插进来说。于是"国难捐"的问题就无形搁置，大家都纷纷议论这一师兵开来干什么。难道要守这镇么？不像！镇虽然

1　上海商务印书馆职员。

是五六万人口的大镇，可是既没有工业，也不是商业要区，更不是军事上形胜之地，日本兵如果要来究竟为的什么？有人猜那一师兵从江西调来，经过湖州，要开到"前线"去，而这里不过是"过路"罢了。这是最"合理"的解释，汹汹然的人心就平静了几分。

然而军队是一两天内就会到的；三件事——住的地方，困的稻草，吃的东西，必须立刻想法。是一师兵呢，不是玩的。住，还有办法，四乡茧厂和寺庙，都可以借一借；困的稻草，有点勉强了；就是"吃"没有办法。供应一万多人的伙食，就算一天罢，也得几千块钱呀！自从甲子年¹以来，镇上商会办这供应过路军队酒饭的差使，少说也有十次了；没一次不是说"相烦垫借"，然而没一次不是吃过了揩揩嘴巴就开拔，没有方法去讨。向来"过路"的军队，少者一连人，至多不过一团，一两天的酒饭，商店公摊，照例四家当铺三家钱庄是每家一百，其余十元二十元乃至一元两元不等，这样就应付过去了。但现在当铺只剩一个，钱庄也少了一家（新近倒闭了一家），出钱的主儿是少了，兵却多，可怎么办呢？听说商会讨论到半夜，结果是议定垫付后在"国难捐"项下照扣。他们这一次不肯再额外报销了！

到第二天正午，"两脚新闻报"跑来对我说道：

"气死人呢！总当作是开出去帮助十九路军打东洋人，哪里知道反是前线开下来的。前线兵多，东洋人有闲话，停战会议要弄僵，所以都退到内地来了。这不是笑话？"

听说不是开出去打东洋人，我并不觉得诧异；我所十分惊佩的是镇上的小商人办差的手腕居然非常敏捷，譬如那足够万把人困觉的稻草在一夜之间就办好了。到他们没有了这种咄嗟立办的能力时，光景镇上的

1　指 1924 年。

老百姓也已流徙过半罢？——我这么想。

又过了一个下午又一夜，县里的电话又来：说是那一师人临时转调海宁，不到我们镇上来了。于是大家都松一口气：不来顶好！

却是因为有了这一番事，商会里对于"国难捐"提出了一个小小的交换条件——不是向县里或省里提出，而是向本镇的区长和公安局长。这条件是：年年照例有的"香市"，如果禁止，商界就不缴"国难捐"。

"香市"就是阴历三月初一起，十五日为止的土地庙的"庙会"式的临时市场。乡下人都来烧香，祈神赐福——蚕好，趁便逛一下。在这"香市"中，有各式卖耍货的摊子，各式打拳头变戏法傀儡戏髦儿戏等等；乡下人在此把口袋里的钱花光，就回去准备那辛苦的蚕事了。年年当这"香市"半个月工夫，镇上铺子里的生意也联带热闹。今年为的地方上不太平，所以早就出示禁止，现在商会里却借"国难捐"的题目要求取消禁令，这意思就是：给我们赚几文，我们才能够付捐。换一句话说：我们可生不出钱来，除非在乡下人身上想法。而用"香市"来引诱乡下人多花几文，当然是文明不过的办法。

"香市"举行了，但镇上的商人们还是失望。在饥饿线上挣扎的乡下人再没有闲钱来逛"香市"，他们连日用必需品都只好拼着不用了。我想：要是今年秋收不好，那么，这镇上的小商人将怎么办哪？他们是时代转变中的不幸者，但他们又是彻头彻尾的封建制度拥护者；虽然他们身受军阀的剥削，钱庄老板的压迫，可是他们唯一的希望就是把身受的剥削都如数转嫁到农民身上。农民是他们的衣食父母。他们盼望农民有钱就像他们盼望自己一样。然而时代的轮子以不可阻挡的力量向前转，乡镇小商人的破产是不能以年计，只能以月计了！

我觉得他们比之农民更其没有出路。

1932年6月、7月、8月。

从半夜到天明

京沪线，××站到××站那一段。

夜间。一时到三时。没有星，没有月亮。日历翻过了一页，展示着十二月二十五日。

半个世界在睡梦中。然而在睡梦中的半个世界上有人不睡，正在忙着。

没有月亮，也没有星；白的雪铺盖了原野，也铺盖了铁轨。京沪线，这交通的动脉上，没有照常来往的客货车和花车，已经有两天半。

京沪线，这交通的动脉硬化了；机关车被罚立壁角，分道夫被放了假；车站上冷清清地，没有旅客，也没有站长，也没有工役。京沪线动脉硬化，已经有两天半。因为有青年的血，数千青年爱国的热血，纯洁的血，正要通过这硬化了的动脉。

一个赤血轮——一架拖着壮烈的列车的机关车，在夜的黑暗里，在白雪的寒光下，在没有分道夫，没有扬旗的引导的死沉沉的路线上，向西挣扎。

轰轰轰！隆隆隆！硬化的动脉上，机关车在挣扎。它愤怒地吼着，然而它不能不小心地慢慢地走着。两三队的青年提了灯在前面压道。十余人一队的两三队青年，两三天没有吃饱，没有吃咸的，两三天没有睡。

"前面路轨又被掘断了!"冷的黑的夜其中颤动着这一声叫喊。

嘘!嘘!嘘!——机关车"嘘"着,就停止了。四五个灯火,十倍四五的人影,从车厢里飞了出来,飞扑到机关车前,再一直飞扑向前!"找铁轨呵!"车厢里更多的人动员。冷而黑的夜,白皑皑的雪地上,满布了无数的足印。

三段铁轨悄悄地躲在路旁坑里,被发见了,被俘虏了来。另一段铁轨也被发见了,在冰冻的小河,露出无知的铁头。

"就是藏在地狱里也要把它拖出来!"纠察队的叫喊。

扑通,扑通!光身子的纠察队跳进冰冻的河水里,抓着了冰冻的钢轨!

没有星,没有月亮。半个世界在睡梦中。然而在睡梦中的半个世界上,在死了似的京沪线上,有人是不知道睡的,有人是两三天不愿意睡的!

同在这时候,在京沪线东端的上海,也有另一班人不愿意睡觉。

因为这是"耶稣圣诞狂欢节"。挺大的"客满"的布告早挂在跳舞场门口。神秘的灯光下,一对对的男女挤成了人山。这里是"高等华人"的展览会。银行家,大商人,名律师,小开……耶稣圣诞,一年一度,跳舞场特许延长时间,"高贵"的人们都来做一次长夜之欢。

二十四、二十五、二十六,三天的跳舞场通宵达旦,三夜的营业可以补偿不景气的一年。

从黄昏跳到天亮,在上海的无数跳舞场里也有几千人不睡,几千人"忙"了个整夜。然而完了,音乐停止了。狂欢的人们只好暂时离开了舞场,回家去——睡觉。

凄雨渐渐地下着。一个铅色的天。

××舞场门前最后一辆流线型的汽车啵的一声开走了，车里一男一女，头碰头，手挽手，闭着眼。

同是这时候，京沪线的苏州站到了那挣扎一夜的列车了。一夜的在雪地里寻铁轨，修路，挨饿，忍冻。然而这几千个没有睡觉的人在忙着加水，忙着准备再向西开，忙着准备再是一夜的不睡，在雪地里修路，寻铁轨。

同是这时候，京沪线的昆山站上又有另一些人在忙着设法使得被阻在那里的又一列车的青年回上海来。两中队的保安队忽然跑在轨道中，结成个密密的方阵，挡在那列车的前面。

也是这时候，上海南市有几百个青年在冒雨游行演说。

也是这时候，上海北四川路刮刮刮地驶过了三四架装甲车，机关枪手头上的钢盔从钢的圆车顶的开处露出半个。车身是青灰色，绘着个"血"字般的旭日。

同在这北四川路，在电车站旁有一位矮绅士展开一张《日日新闻》，上面有一条大字新闻："海军特别陆战队的大规模演习。"

红叶

朋友们说起看红叶，都很高兴。

红叶只是红了的枫叶，原来极平凡，但此间人当作珍奇，所以秋天看红叶竟成为时髦的胜事。如果说春季是樱花的，那么，秋季便该是红叶的了。你不到郊外，只在热闹的马路上走，也随处可以见到这"幸运儿"的红叶：十月中，咖啡馆里早已装饰着人工的枫树，女侍者的粉颊正和蜡纸的透明的假红叶掩映成趣；点心店的大玻璃窗橱中也总有一枝两枝的人造红叶横卧在鹅黄色或是翠绿色的糕饼上；那边如果有一家"秋季大卖出"的商品，那么，耀眼的红光更会使你的眼睛发花。"幸运儿"的红叶呵，你简直是秋季的时令神。

在微雨的一天，我们十分高兴地到郊外的一处名胜去看红叶。

并不是怎样出奇的山，也不见得有多少高。青翠中点缀着一簇一簇的红光，便是吸引游人的全部风景。山径颇陡峻，幸而有石级；一边是谷，缓缓地流过一道浅涧；到了山顶俯视，这浅涧便像银带子一般晶明。

山顶是一片平场。出奇的是并没有一棵枫树，却只有个卖假红叶的小摊子。一排芦席棚分隔成二十多小间，便是某酒馆的"雅座"，这时差不多快满座了。我们也占据了一间，并没有红叶看，光瞧着对面的绿丛丛的高山峰。

两个喝得满脸通红的游客，挽着臂在泥地上翩翩跳舞，另一个吹口琴，呜呜地响着，听去是"悲哀"的调子。忽而他们都哈哈笑起来；是这样的响，在我们这边也觉得震耳。

芦席棚边有人摆着小摊子卖白泥烧的小圆片，形状很像二寸径的碟子；游客们买来用力掷向天空，这白色的小圆片在青翠色的背景前飞了起来，到不能再高时，便如白燕子似的斜掠下来（这是因为受了风），有时成为波纹，成为弧形，似乎还是簌簌地颤动着，约莫有半分钟，然后失落在谷内的丰草中；也有坠在浅涧里的，那就见银光一闪——你不妨说这便是水的欢迎。

早就下着的雨，现在是渐渐大了。游客们不知在什么时候已经减少了许多。山顶的广场（那就是游览的中心）便显得很寂静，芦棚下的"雅座"里只有猩红的毡子很整齐地躺着，时间大概是午后三时左右。

我们下山时雨已经很大；路旁成堆的落叶此时经了雨濯，便洗出绛红的颜色来，似乎要与那些尚留在枝头的同伴们比一比谁是更"赤"。

"到山顶吃饭喝酒，掷白泥的小圆片，然后回去：这便叫作看红叶。谁曾在都市的大街上看见人造红叶的盛况的，总不会料到看红叶原来只是如此这般一回事！"

我在路旁拾起几片红叶的时候，忍不住这样想。

虹

不知在什么时候，金红色的太阳光已经铺满了北面的一带山峰。但我的窗前依然洒着绵绵的细雨。

早先已经听人说过这里的天气不很好。敢就是指这样的一边耀着阳光，一边却落着泥人的细雨？光景是多少像故乡的黄梅时节呀！出太阳，又下雨。

但前晚是有过浓霜的了。气温是华氏表四十度。

无论如何，太阳光是欢迎的。我坐在南窗下看 N.Evréinoff 的剧本。看这本书，已经是第三次了；可是对于那个象征了顾问和援助者，并且另有五个人物代表他的多方面的人格的剧中主人公 Paraclete，我还是不知道应该憎呢或是爱？

这不是也很像今天这出太阳又下雨的天气么？

我放下书，凝眸遥瞩东面的披着斜阳的金衣的山峰，我的思想跑得远远的。我觉得这山顶的几簇白房屋就仿佛是中古时代的堡垒；那里面的主人应该是全身裹着铁皮的骑士和轻盈婀娜的美人。

欧洲的骑士样的武士，岂不是曾在这里横行过一世？百余年前，这群山环抱的故都，岂不是一定曾有些挥着十八贯的铁棒的壮士？岂不是余风流沫尚像地下泉似的激荡着这个近代化的散文的都市？

低下头去，我浸入于缥缈的沉思中了。

当我再抬头时，咄！分明的一道彩虹划破了蔚蓝的晚空。什么时候它出来，我不知道；但现在它像一座长桥，宛宛地从东面山顶的白房屋后面，跨到北面的一个较高的青翠的山峰。呵，你虹！古代希腊人说你是渡了麦丘立到冥国内索回春之女神，你是美丽的希望的象征！

但虹一样的希望也太使人伤心。

于是我又恍惚看见穿了锁子铠，戴着铁面具的骑士涌现在这半空的彩桥上；他是要找他曾经发过誓矢忠不二的"贵夫人"呢？还是要扫除人间的不平抑或他就是狐假虎威的"鹰骑士"？

天色渐渐黑下来了，书桌上的电灯突然放光，我从幻想中抽身。

像中世纪骑士那样站在虹的桥上，高揭着什么怪好听的骑号，而实在只是出风头，或竟是待价而沽，这样的新式的骑士，在"新黑暗时代"的今日，大概是不会少有的罢？

1929 年 3 月。

白杨礼赞

白杨树实在不是平凡的，我赞美白杨树！

当汽车在望不到边际的高原上奔驰，扑入你的视野的，是黄绿错综的一条大毯子；黄的，那是土，未开垦的处女土，几百万年前由伟大的自然力所堆积成功的黄土高原的外壳；绿的呢，是人类劳力战胜自然的成果，是麦田，和风吹送，翻起了一轮一轮的绿波——这时你会真心佩服昔人所造的两个字"麦浪"，若不是妙手偶得，便确是经过锤炼的语言的精华。黄与绿主宰着，无边无垠，坦荡如砥，这时如果不是宛若并肩的远山的连峰提醒了你（这些山峰凭你的肉眼来判断，就知道是在你脚底下的），你会忘记了汽车是在高原上行驶，这时你涌起来的感想也许是"雄壮"，也许是"伟大"，诸如此类的形容词，然而同时你的眼睛也许觉得有点倦怠，你对当前的"雄壮"或"伟大"闭了眼，而另一种的味儿在你心头潜滋暗长了——"单调"！可不是？单调，有一点儿罢？

然而刹那间，要是你猛抬眼看见了前面远远地有一排——不，或者甚至只是三五株，一二株，傲然地耸立，像哨兵似的树木的话，那你的恹恹欲睡的情绪又将如何？我那时是惊奇地叫了一声的！

那就是白杨树，西北极普通的一种树，然而实在不是平凡的一种树！

那是力争上游的一种树，笔直的干，笔直的枝。它的干呢，通常是丈把高，像是加以人工似的，一丈以内，绝无旁枝；它所有的丫枝呢，一律向上，而且紧紧靠拢，也像是加以人工似的，成为一束，绝无横斜逸出；它的宽大的叶子也是片片向上，几乎没有斜生的，更不用说倒垂了；它的皮，光滑而有银色的晕圈，微微泛出淡青色。这是虽在北方的风雪的压迫下却保持着倔强挺立的一种树！哪怕只有碗来粗细罢，它却努力向上发展，高到丈许，二丈，参天耸立，不折不挠，对抗着西北风。

这就是白杨树，西北极普通的一种树，然而决不是平凡的树！

它没有婆娑的姿态，没有屈曲盘旋的虬枝，也许你要说它不美丽——如果美是专指"婆娑"或"横斜逸出"之类而言，那么白杨树算不得树中的好女子；但是它却是伟岸，正直，朴质，严肃，也不缺乏温和，更不用提它的坚强不屈与挺拔，它是树中的伟丈夫！当你在积雪初融的高原上走过，看见平坦的大地上傲然挺立这么一株或一排白杨树，难道你觉得树只是树，难道你就不想到它的朴质，严肃，坚强不屈，至少也象征了北方的农民；难道你竟一点也不联想到，在敌后的广大土地上，到处有坚强不屈，就像这白杨树一样傲然挺立的守卫他们家乡的哨兵！难道你又不更远一点想到这样枝枝叶叶靠紧团结，力求上进的白杨树，宛然象征了今天在华北平原纵横决荡用血写出新中国历史的那种精神和意志。

白杨不是平凡的树。它在西北极普遍，不被人重视，就跟北方农民相似；它有极强的生命力，磨折不了，压迫不倒，也跟北方的农民相似。我赞美白杨树，就因为它不但象征了北方的农民，尤其象征了今天我们民族解放斗争中所不可缺的朴质，坚强，以及力求上进的精神。

让那些看不起民众，贱视民众，顽固的倒退的人们去赞美那贵族化的楠木（那也是直干秀颀的），去鄙视这极常见，极易生长的白杨罢，但是我要高声赞美白杨树！

1941 年 6 月。

黄昏

海是深绿色的，说不上光滑；排了队的小浪开正步走，数不清有多少，喊着口令"一，二——一"似的，朝喇叭口的海塘来了。挤到沙滩边，啵渐！——队伍解散，喷着忿怒的白沫。然而后一排又赶着扑上来了。

三只五只的白鸥轻轻地掠过，翅膀扑着波浪———一点一点躁怒起来的波浪。

风在掌号。冲锋号！小波浪跳跃着，每一个都像个大眼睛，闪射着金光。满海全是金眼睛，全在跳跃。海塘下空隆空隆地腾起了喊杀。

而这些海的跳跃着的金眼睛重重叠叠一排接一排，一排怒似一排，一排比一排浓溢着血色的赤，连到天边，成为绀金色的一抹。这上头，半轮火红的夕阳！

半边天烧红了，重甸甸地压在夕阳的光头上。

愤怒地挣扎的夕阳似乎在说：

——哦，哦！我已经尽了今天的历史的使命，我已经走完了今天的路程了！现在，现在，是我的休息时间到了，是我的死期到了！哦，哦！却也是我的新生期快开始了！明天，从海的那一头，我将威武地升起来，给你们光明，给你们温暖，给你们快乐！

呼——呼——

风带着永远不会死的太阳的宣言到全世界。高的喜马拉雅山的最高峰，汪洋的太平洋，阴郁的古老的小村落，银的白光冻凝了的都市——一切一切，夕阳都喷上了一口血焰！

两点三点白鸥划破了渐变为赭色的天空。

风带着夕阳的宣言去了。

像忽然熔化了似的，海的无数跳跃的金眼睛摊平的为暗绿的大面孔。

远处有悲壮的笳声。夜的黑幕沉重地将落未落。

不知到什么地方去过一次的风，忽然又回来了；这回是打着鼓似的：勃仑仑，勃仑仑！不单是风，有雷！而且是风挟着雷声！

海又在动荡，波浪跳起来，轰！轰！

在夜的海上，大风雨来了！

1934 年 11 月。

谨严第一

艺术巨匠的天禀，固非人人所能有，然而艺术巨匠的谨严，却是人人应当效法；狮子搏兔亦用全力——这一句成语，最足以说明艺术巨匠们之无往而不谨严，丝毫不肯随便。

"学习鲁迅"，首先而且必要的，是学习他的谨严。从心细如发，产生笔大如椽，这是鲁迅先生每一篇文章的"创作过程"。

从文句上去学习他的谨严，尚可能；然而所得仅属皮毛。即使能有其犀利，必不能有其深湛。即或深湛近似矣，亦必不能有其隽永。为什么呢？因为他的犀利深湛隽永是对事对物观察得极透彻，剖解得极精微的结果；他无论什么不肯轻轻放过。

为了一种植物的译名，鲁迅先生肯费几天的功夫去查许多的书；要查的一本书手头没有，近处也借不到，他就写信给远地的朋友请他代查。他是这么"认真"！

有一位年青木刻家把人物的手刻反了，另一位画家（也许是木刻家）把浴在河里的牛弄成了黄牛；都是鲁迅先生给指了出来。无论对什么，他都"细心"！

认真与细心见于艺术形象的，是犀利，猛鸷，深湛，隽永。见于思想行事的，是嫉恶如仇，是"一口咬住了不放"的韧性，是深入敌垒再杀出来的无畏的精神，是"打叭儿狗"的那种彻底，是教育青年从不倦怠的那种热心。

治学、创作、治事、私生活——鲁迅先生给我们取法的，首先是"谨严"二字。这是人人应当学习而且能够学习的，只要他发心去学习。革命家、战士的德性，无非是认真而又细心。艺术家的德性，也无非是认真而又细心。才能的大小，固由天赋，然而从认真与细心，也可以造就一个人的才能。

"学习鲁迅"这句话如果实践起来，首先而且必要的，是在治学、治事、私生活——各方面，都认真而细心！这两句话，似乎平凡得很，然而要能严格能彻底，却需要不断地惕励与反省。

1961 年 10 月。

开荒

　　让我们来想象一下：亿万年以前，地壳的一次变动，把高高低低的位置，全改了个样；亚洲中部腹地有那么一长条，本来是个内海，却突然变成了高原了。于是——在亿万年的悠久岁月中，从北方吹来的定期的猛风，将黄色的轻尘夹带了来，落在这高原上，犹如我们的书桌隔一天会积一片尘埃；于是——悠久的亿万年中，这黄色的轻尘竟会积累得那么多，那么厚，足够担负千万人类生息的任务。

　　这就是我们今天叫做西北黄土高原的。

　　你以为这是神话么？随你高兴怎么想就怎么想罢。但这是人类的智慧现在所达到的最科学的假说，这里有土里发现的一些化石贝壳来给这"假说"撑腰；而且，黄土高原之赫然雄踞在那里，可真是百分之百的现实呵！

　　让我们再来想象一下：又是亿万年以前，或许是这高原的史前，洪荒世界的主人翁——大爬虫，比现在的一列火车还长还大的爬虫（蜥蜴），曾在这个地方蓄息，昂首阔步；巨大的羊齿类植物曾在这个地方生长，浓绿密布；那时候，不是现在那样童山濯濯。

　　你以为这是神话么？随你高兴怎么想就怎么想罢。但是，大爬虫的遗骸，就在前年被掘出来了；这是偶然的发现，打窑洞的时候掘得了一节，后来就从旁再打数洞，又得了数节。现在这遗骸就陈列在延安边区政府，这是现实！

最后，让我们再作一次"想象"：在这苦寒的黄土高原，现在有怎样的人们在干怎样的事？有说各种方言的，各种家庭出身的，经过各种社会生活的青年男女，在那里"开荒"。曾经是摘粉搓脂的手，曾经是倚翠偎红的臂，现在都举起古式的农具，在和那亿万年久的黄土层搏斗——"增加生产"，一个燃烧了热情的口号！而且还有另一面的"开荒"——扫除文盲，实行民主，破除迷信，发展文艺，提倡科学……

你以为这是神话么？随你爱怎么想就怎么想罢！然而，正像黄土高原是现实一样，这也是现实，活生生的现实呵！

从前，大自然的力量，曾经创造了这黄土高原；如今，怀抱着崇高理想的人们，正在改造这黄土高原。信不信由你，然而这都是现实！

1941 年 11 月。

大地山河

住在西北高原的人们，不能想象江南太湖区域所谓"水乡"的居民的生涯；所谓"暮春三月，江南草长，杂花生树，群莺乱飞"，也还不是江南"水乡"的风光。缺少那交错密布的水道的西北高原的居民，听说人家的后门外就是河，站在后门口（那就是水阁的门），可以用吊桶打水，午夜梦回，可以听得橹声欸乃，飘然而过，总有点难以构成形象的罢？

没有到过西北——或者就是豫北陕南罢——如果只看地图，大概总以为那些在普通地图上有名有目的河流，至少比江南"水乡"那些不见于普通地图上的"港"呀，"汊"呀，要大得多罢？至少总以为这些河终年汤汤，可以行舟的罢？有一个朋友曾到开封，那时正值冬季，他站在堤上，却还不知道他脚下所站的，就是有名的黄河堤岸；他向下视，只见有几股细水，在淤黄泥沙中流着，他还问："黄河在哪里？"却不知这几股细水，就是黄河！原来黄河在水浅季节，就是几股细水！

大凡在地图上有名有目的西北的河，到了冬季水浅，就是和江南的沟渠一样的东西，摆几块石头在浅处，是可以徒涉的。

乌鲁木齐河，那也是鼎鼎大名的；然而当我看见马车涉河而过的时候，我惊讶于这就是乌鲁木齐河！学生们卷起裤管，就徒涉了延水的事，如果不是亲见，也觉得可惊，因为延水在地图上也是有名有目的呀！

但是当夏季涨水的当儿，这些河却也实在威风。延水一次上流涨水，把"女大"[1]用以系住浮桥的一块几万斤重的大石头冲走了十多丈路。

光是从天空飞过，你不能具体的了解所谓"西北高原"的意义。光是从地上走过，你了解得也许具体些，然而还不够"概括"（恕我借用这两个字）。

你从客机的高度仪的指针上看出你是在海拔三千多公尺以上了，然而你从玻璃窗向下看，嘿，城郭市廛，历历在目，多清楚！那时你会恍然于下边是高原了。但在你还得在地上走过，然后你这认识才能够补足。

你会不相信你不是在平地上。可不是一望平畴，麦浪起伏？可是你再极目远望，那边天际一道连山，不也是和你脚下的"平地"是并列的么？有时你还觉得它比你脚下的低呢！要是凑巧，你的车子到了这么一个"土腰"，下面是万丈断崖，而这万丈断崖也还是中间阶段而已，那时你大概才切实地明白了高原之所以为高原了罢？

这也不是平空可以想象的。

谢家的哥哥以"撒盐"比拟下雪，他的妹妹说，"未若柳絮因风舞"。自来都认为后者佳胜。自然，"柳絮因风舞"，多么清灵俊逸；但这是江南的雪景。如果说北方，那么谢家哥哥的比拟实在也没有错。当然也有下大朵的时候，那也是"柳絮"了，不过，"撒盐"时居多。

积在地上，你穿了长毡靴走过，那煞煞的响声，那颇有燥感的粉末，就会完全构成了"盐"的印象。要是在大野，一望皆白，平常多坎陷与浮土的道路，此时成为砥平则坚实，单马曳的雪橇轻溜溜地滑过，那时你真觉得心境清凉——而实在，空气也清洁得好像滤过。

我曾在戈壁中远远看见一片白，颇惊讶于五月有雪，后来才知道这是盐池！

1　女大：即延安中国女子大学。

狂欢的解剖

从前欧洲中世纪"黑暗时代"，十三世纪那时候，有些青年人——大都是那时候几个新兴商业都市新设的大学校的学生，是很会寻快乐的。流传到现在，有一本《放浪者的歌》，算得是"黑暗时代"这班狂欢者的写真。

《放浪者的歌》里收有一篇题为《于是我们快乐了》的长歌，开头几句是这样的：

> 且生活着罢，快活地生活着，
> 当我们还是年青的时候；
> 一旦青春成了过去，
> 而且潦倒的暮年也走到尽头，
> 那我们就要长眠在黄土荒丘！

朋友，也许你要问：这班生在"黑暗时代"的年轻人有什么可以快乐的？他们寻快乐的对象又是什么呢？这个，哦，说来也好像很不高明，他们那时原没有什么可以快乐的，不过他们觉得犯不着不快乐，于是他们就快乐了，他们的快乐的对象就是美的肉体（现世的象征）——

比之"红玫瑰是太红而白玫瑰又太白"的面孔,"闪闪地笑着……亮着像黑夜的明星似的眼睛""迷人的酥胸""胜过珊瑚梗的朱唇"。

一句话,他们什么也不顾,狂热地要求享有现实世界的美丽。然而他们不是颓废。他们跟他们以前的罗马人的纵乐,所谓罗马人的颓废,本质上是不同的;他们跟他们以后的十九世纪末年的要求强烈刺激,所谓世纪末的颓废,出发点也是完全不同的。他们的要求享乐现世,是当时束缚麻醉人心的基督教"出世"思想的反动,他们唾弃了什么未来的天堂——渺茫无稽的身后的"幸福",他们只要求生活得舒服些,像一个人应该有的舒服生活下去。他们很知道,当他们的眼光只望着"未来的天堂"的时候,那几千个封建诸侯把这世界弄得简直不像人住的。如果有什么"地狱"的话,这"现世"就是!他们不稀罕死后的"天堂",他们却渴求消灭这"现世"的活地狱;他们的寻求快乐是站在这样一个积极的出发点上的。

他们的"放浪的歌"是"心的觉醒"。而这"心的觉醒"也不是平空掉下来的。他们是趁了十字军过后商业活动的涨潮起来的"暴发户",他们看得清楚,他们已经是一些商业都市里的主人公,而且应该是唯一的主人公。他们这种"自信",这种"有前途"的自觉,就使得他们的要求快乐跟罗马帝国衰落时代的有钱人的纵乐完全不同,那时罗马的有钱人感得大难将到而又无可挽救,于是"今日有酒今日醉"了;他们也和十九世纪的"世纪末的颓废"完全不同,十九世纪末的"颓废"跟"罗马人的颓废"倒有几分相似。

所谓"狂欢"也者,于是也有性质不同的两种:向上的健康的有自信的朝气蓬勃的作乐,以及没落的没有前途的"今日有酒今日醉"的纵乐。前者是"暴发户"的意识,后者是"破落户"的心情。

这后一意味的"狂欢"我们也在"世界危机"前夜的今年新年里看

到了。据路透社的电讯，今年欧美各国"庆祝新年"的热烈比往年"进步"得多。华盛顿、纽约、罗马、巴黎这些大都市，半夜里各教堂的钟一起响，各工厂的汽笛一起叫，报告一九三五年"开幕"了；几千万的人在这些大都市的街上来往，香槟酒突然增加了消耗的数量……真所谓满世界"太平景象"。然而同时路透社的电讯却又报告了日本通告废除《华盛顿海军条约》，美国也通过了扩充军备的预算，二次世界大战的"闹场锣鼓"是愈打愈急了。在两边电讯的对照下，我们明明看见了"今日有酒今日醉"那种心情支配着"今日"还能买"酒"人们在新年狂欢一下。

我记起阳历除夕"百乐门"的情形来了。约莫是十二时半罢，忽然音乐停止，跳舞的人们都一下站住，全场的电灯一下都熄灭，全场是一漆黑，一片肃静，一分钟，两分钟，突然一抹红光，巨大的"1935"四个电光字！满场的掌声和欢呼声雷一样的震动，于是电灯又统统亮了，音乐增加了疯狂，人们的跳舞欢笑也增加了疯狂。我也被这"狂欢"的空气噎住了，然而我听去那喇叭的声音，那混杂的笑声，宛然是哭，是不辨哭笑的神经失了主宰的号啕！

我又记起废历年的前后来了。这一个"年关"比往年困难得多，半个月里倒闭的商店有几十，除夕上一天，又倒闭了两家大钱庄，可是"狂欢"的气势也比往年"浓厚"得多。下午二点钟，几乎所有的旅馆全告了客满。并不是上海忽然多了大批的旅客，原来是上海人开了房间作乐。除夕下午市场上突然流行的谣言——日本海军陆战队要求保安队缴械的消息，似乎也不能阻止一般市民疯狂地寻求快乐；不，也许因此他们更需要发狂地乐一下。影戏院有半夜十二时的加映一场，有新年五日内每日上午的加映一场，然而还嫌座位太少。似乎全市的人只要袋里还有几个钱娱乐的，哪怕是他背上有千斤的债，都出动来寻强烈刺激的快乐。在他们脸上的笑纹中（这纹，在没有强笑的时候就分明是愁纹，是哭纹），我分明读出了这样的意思："今天不知明天事，有快乐能享的时候，且享一下罢，因为明天你也许死了！"

而这种"有一天，乐一天"的心理并不限于大都市的上海呵！废历新年初六以后的报纸一边登着各地的年关难过的恐慌，一边也就报告了"新年热闹"的胜过了往年。"越穷是越不知道省俭呵！"这样慨叹着。不错，从不穷而到穷，明明看见没有前途的"破落户"，是不会"省俭"的，他们是"得过且过"；现在还没"穷"，然而恐怖着"明天"的"不可知"的人们，也是不肯"省俭"的，他们是"有一天，乐一天"！例外的只有生来就穷的人，饿肚子的人，他们跟发疯的"狂欢"生不出关系。

我又记起废历元旦瞥见的一幕了。那是在"一·二八"火烧了的废墟上，一队短衣的人们拿着钢叉、关刀、红缨枪，带一个彩绘的布狮子。他们不是卖艺的，他们是什么国术团的团员，有一面旗子。我看见他们一边走，一边舞他们的布狮子，一边兴高采烈地笑着叫着。我觉得他们的笑是"除夕"晚上以及"元旦"这一日我所听到的无数笑声中唯一的例外。他们的，没有"今日有酒今日醉"的音调，然而他们的笑，不知怎地，我听了总觉得多少是原始的、蒙昧的，正像他们肩上闪闪发光的钢叉和关刀！

"今日有酒今日醉"的"狂欢"，时时处处在演着，不过时逢"佳节"更加表现得尖锐罢了。我好像听见这不辨悲喜的疯狂的笑，从伦敦，从纽约，从巴黎、柏林、罗马，也从东京，从大阪……我好像看见他们看着自己的坟墓在笑。然而我也听得还有另一种健康的有自信心的朝气的笑，也从世界的各处在震荡；我又知道这不是为了"现世"的享乐而笑，这是为了比《放浪者的歌》更高的理想，因为现在到底不是"中世纪"了。

1935 年 2 月 20 日。

沙滩上的脚迹

他，独自一个，在这黄昏的沙滩上彳亍。

什么都看不分明了，仅可辨认，那白茫茫的知道是沙滩，那黑魆魆的是酝酿着暴风雨的海。

远处有一点光明，知道是灯塔。

他，用心火来照亮了路，可也不能远，只这么三二尺地面，他小心地走着，走着。

猛可的，天空瞥过了锯齿形的闪电。他看见不远的前面是黑簇簇的一团，呵呵，这是"夜的国"么，还是妖魔的堡寨？

他又看见离身丈把路的沙上，是满满的纵横重叠的脚迹。

哈哈，有了！赶快！他狂喜地跳着，想踏上那些该是过去人的脚迹。

他浑身一使劲，迸出个更大些的心火来。

他伛着腰，辨认那纵横重叠的脚迹，用他的微弱的心火的光焰。

咄！但是他吃惊地叫了起来。

这纵横重叠的，分明是禽兽的脚迹。大的，小的，新的，旧的，延展着，延展着，不知有几多远。而他，孤零零站在这兽迹的大海中间。

他惘然站着，失却了本来的勇气；心头的火光更加微弱，黄苍苍的像一个毛月亮，更不能照他一步两步远。

于是抱着头，他坐在沙上。

他坐着，他想等到天亮；他相信：这纵横重叠的鸟兽的脚迹中，一定也有一些是人的脚迹，可以引上康庄大道，达到有光明温暖的人的处所的脚迹，只要耐守到天明，就可以辨认出来。

他耐心地等着，抱着头，连远处的灯塔也不望它一眼。他相信，在恐怖的黑夜中，耐心等候是不错的。然而，然而——

隆隆隆的，他听到了叫他汗毛直竖的怪响了。这不是雷鸣，也不是海啸，他猛一抬头，看见无数青面獠牙的夜叉从海边的黑浪里涌出来，夜叉们一手是钢刀，一手是人的黑心炼成的金元宝，慌慌张张在找觅牺牲品。

他又看见跟在夜叉背后的，是妖媚的人鱼，披散了长发，高耸着一对浑圆的乳峰，坐在海滩的鹅卵石上，唱迷人的歌曲。

他闭了眼，心里这才想到等候也不是办法；他跳了起来，用最后的一分力，把心火再旺起来，打算找路走。可是——那边黑簇簇的一团这时闪闪烁烁飞出几点光来，飞出的更多了！光点儿结成球了，结成线条了，终于青闪闪地排成了四个大字：光明之路！

哦！呵！他得救地喊了一声。

这当儿，天空又撒下了锯齿形的闪电。是锯齿形！直要把这昏黑的天锯成两半。在电光下，他看得明明白白，那边是一些七分像人的鬼怪，手里都有一根长家伙，怕就是人身上的什么骨头，尖端吐出青绿的鬼火，是这鬼火排成了好看的字。

在电光下，他又分明看到地下重重叠叠的脚迹中确也有些人样的脚迹，有的已经被踏乱，有的却还清楚，像是新的。

他的心一跳，心好像放大了一倍，从心里射出来的光也明亮得多了；他看见地下的脚迹中间还有些虽则外形颇像人类但确是什么只穿着人的靴子的妖魔的足印，而且他又看见旁边有小小的孩子们的脚印。有些天真的孩子上过当！

然而他也在重重叠叠的兽迹和冒充人类的什么妖怪的足印下，发现了被埋藏的真的人的足迹。而这些脚迹向着同一的方向，愈去愈密。

他觉得愈加有把握了，等天亮再走的念头打消得精光，靠着心火的照明，在纵横杂乱的脚迹中他小心地辨认着真的人的足印，坚定地前进！

1934 年 11 月 20 日。

升学与就业

暑假到了，又有几万个青年人从中学校里毕业出来，在"升学"呢，或"就业"呢，这两岔路口徘徊了。

有钱有势人家的子弟，自然无所用其"徘徊"。挟了饱满的钱袋——虽然不饱满的是他的书包，他照样可以"升学"，反正学校就好比"游戏场"，混上三年五载，出来时便是"学士""硕士"，就有钻谋差使的资格。说不定他的父母早已给他准备好什么拿钱不办事的好位置了。

很为难的是中等人家出身的中学生。翻开报纸一看，满眼是中等以上学校招生的广告，但是满报纸的夹缝里却又影影绰绰刊满了九个大字：知识分子失业的恐慌。而这些知识分子又多半是曾经"升学"过来的呀！

有些贤明的父母把很大的希望放在儿女身上，觉得中学毕业生简直是"郎勿郎，秀勿秀"[1]，于是多方省俭，甚至借贷，使儿女"升学"。他们自然以为将来方帽子一上头，职业就有把握了。然而这样的希望毕竟

1　俗谚。意为既非平民百姓，也非名门贵族。

比"航空奖券"的头彩有多少把握，那也只有天晓得罢哩！

照普通的情形说，中等人家的子弟在中学毕业后，对于"升学"与"就业"的一问题往往走了这样的"连环套"：

中学毕业了，因为无业可就，姑且"升学罢"；所以今日之"升学"即为他日之"就业"着想；然而今日拿出钱去"升学"，或可易如反掌，他日要"就业"而拿进钱来，竟至难如上天了，于是大学毕了业以后就真真成为无业，或者甚至于长期失业了。

依这情形，所谓"升学"也者，实在也就是"就业"的意味。大抵十个中学生内至少有九个的"升学"是含了这样的"就业"意味的。因而一般中学生的"升学"或"就业"的问题只是一个问题：谋生！

然而青年人的知识欲是强烈的，幻想是丰富的，所以问题的核心即使只是个"生计问题"，而问题的外层却很复杂——强烈的知识欲和美满的幻想，一层一层交错包围着；于是乎青年人在中学毕业后往往是非常烦恼地面对着这"升学"或"就业"的问题了。

大而言之，这是一个严重的社会问题。在现社会一切不合理的状态尚未纠正以前，这个问题是无法解决的。但是有志气有魄力的青年也犯不着为这问题哭丧着脸终天发闷。我们敢为可爱的青年进一解，我们应拿高尔基的青年时代的经验来看一看罢。

高尔基是连中学都没有进过的，他自修到了中学的程度，十五岁那年，他忽然想到加桑[1]去进大学。但要进学校，第一要紧的还是钱。高尔基没有钱，大学进不成，就流落在加桑；他做码头上的小工，他又做过小小的面包店里的学徒……这些，都是"业"，不是"学"，然而后来

1　意为喀山。

高尔基自己说："这，我就是进了大学校了！"

学问并不一定要在学校中才有，才能学到。高尔基就是一个例子。不过千万不要误会，光在码头上面包店里混，就会学问长进。高尔基那时也靠了自修。他一方面谋生，一方面还是"手不释卷"地自修。

并且千万不要误会，我们引高尔基的故事是在暗示中学生诸君都去做"文豪"。这里，不过举一个例子：因为高尔基是想进大学的，但结果是做工，而且他自己后来又说，"这，我就是进了大学校了"——这句话，刚好对于"升学"或"就业"这问题给了个很"幽默"的解答。实际上，中外古今有不少伟大的事业家都不是"学校""科班"出身，甚至科学家也有从没进过什么理工科大学的！

何必哭丧着脸呢？"升学"或"就业"这问题犯不着叫你烦恼！进了职业界，同样也还可以自修，只要自己意志坚强。可是还有一句话：假使有一位中学毕业生决心要"就业"了，而又脱不下自己的竹布长衫（假定他找不到穿长衫的职业），于是失业，于是怨天尤人，于是垂头丧气，那么，自然又当别论，而我们上面的那些话他也一定听不进耳朵。对于这样的青年，我们只能引用一句俗语："做过三年当票朝奉，出来卖油条都不行呀！"

我们以为有骨气的青年人决不会做了几年中学生就弄成了一个"公子哥儿"。在必要的时候，他那件竹布长衫可以脱掉，而且脱掉了竹布长衫后，他依然不忘记自修。在这样的青年人，"升学"或"就业"，都不成问题了！

1934 年 6 月 1 日。

时间，换取了什么？

是在船上或车上，都不关重要；反正是那一类的设备既颇简陋，乘客又极拥挤，安全也未必有保障的交通工具，你越心急，它越放赖，进一步，退两步，叫你闷得不知怎样才好，正是：长途漫漫不晓得何年何月才到得了目的地。

在这样的交通工具上，人们的嘴巴会不大安分的。三三两两，连市面上现今通行的法币究竟有多少版本，都成为"摆龙门阵"的资源。

有这么两个衣冠楚楚的人却争辩着一个可笑的问题：时间。

一位说他并不觉得已经过了七个年头了。

"对！"另一位顺着他的口气接着说，"日子过得真快，不知不觉早已满了七年。"

那一位摇着头立刻分辩道："不然！不知不觉只是不知不觉罢了，七年到底是七年；然而我要说的是，这七个年头在我辈等于没有。你觉得我这话奇怪么？别忙，听我说。你当是一个梦也可以，不过无奈何这是事实。想来你也曾听得说过：在敌人的炮火下边，老板职员工人一起动手，乒乒乒乒拆卸笨重的机器，流弹飞来，前面一个扑倒了，后面补上去照旧干，冷冰冰的机器上浸透了我们的滚热的血汗。机器上了船了，路远迢迢，那危险，那辛苦，都不用说，不过我们心里是快活的。

那时候，一天天朝西走，理想就一天天近了，那时候，一天，一小时，一分钟，确实有价值。机器再装起来，又开动了，可是原料、技工、零件，一切问题又都来了，不过我们还是满身有劲，心里是快乐的。我们流的汗恐怕不会比机器本身轻些，然而这汗有代价：机器生产了，出货了。……然而现在，想来你也知道，机器又只好闲起来，不但闲起来，拆掉了当废铁卖的也有呢！"

他抹了一把额头的汗水，望着他的同伴苦笑，然后又说："你瞧，这不是一个圈子又兜到原来的地点？你想想，这不是白辛苦了一场？你说七个年头过去了，可是这七年工夫在我们不是等于没有么？这七年工夫是白过的！白过了七年！要是你认真想起到底过了七年了，那可痛心得很，为什么七年之中我们一点进步也没有？"

"哎，好比一场大梦！"那同伴很表同情似的说。

但是回答却更沉痛些："无奈这不是梦呀！要是七年前的今天我作了这样一个梦，醒来后我一定付之一笑，依然精神百倍，计划怎样拆，怎么搬，怎样再建，无奈这不是梦，这是事实，我们的确满了七年，只是这七年是白过的，没有价值！"

那同伴看见对方的牢骚越来越多，便打算转换话题，不料旁边一人却忽然插嘴道：

"白过倒也不算白过。教训是受到了，而且变化也不少呵！时间是荒废得可惜，七年工夫还没上轨道，但是倒也不能算作一个圈子兜回原来的地点，从整个中国看来，变化也不小呢！"

"变化？"那同伴睁眼朝这第三人看了一下，"哦，变化是有的。"他忽然讽刺似的冷笑一下，"对呀，变出了若干暴发户，发国难财的英雄好汉！上月的物价，和前月不同，和本月也不同，这一点上，确是一天有一天的价值，时间的分量大多数人都觉得到的。"于是他忽然想起来了似的转脸安慰他的朋友道："老兄不过是白白过了七年，总还算是无所损益。像兄弟呢，一年一年在降格。我们当个不大不小地主的，真是打肿了脸充胖子罢哩！老兄想来也是明白的。"

"怎么我好算是无所损益呢？……"

"当然不能，"那第三人又插进来说。"在这时代，站在原地位不动是办不到的，中国是世界的一部分，而且还在抗战。"

一听这话，那两位互相对看了一眼，同时喊了一声"哦"；而且那位自称是"一年一年在降格"的朋友立刻又欣然说道："所以我始终是乐观派，所以要说，这七年工夫是挨得有代价的；你瞧，我们挨成了四强之一，而且英美在步步胜利，第二战场也开辟了，不消半年，希特勒打垮，掉转身来收拾东洋小鬼，真正易如反掌，我们等着最后胜利罢！"

他的同伴也色然而喜了，然而还是不大鼓舞得起来，他慢吞吞自言自语道："胜利是没有问题的，不过我的厂呢？我们的工业呢？"

"等着？"那第三人也笑了笑说，"我们个人尽管各自爱等着就等着罢，爱怎么等就怎么"等下"去，有人等着重温旧梦，有人等着天上掉下繁荣来，各人都把他的"等着"放在没有问题的最后胜利等到了以后。不过，一方面呢，世界不等我们，而另一方面呢，中国本身也不能等着那些一心只想等到了没有问题的最后胜利到手以后便要如何如何的人们。更不用说，敌人也不肯等着我们的"等着"的！七年是等着过去了，也许有些人欣欣然自庆他终于等着了他所希望的，然而……"

"然而我并没有等着呀！"是懊恼而不平的声音，"我说过，我流的汗有几千斤重呢，可是我得到了什么呢？于人无补，于己也无利！"

"你老兄是吃了那一心以等着为得计的人们的亏！"那第三人回答。"不过中国幸而也有不那么等着的人，所以七年工夫不是白过，中国地面上是发生着变化了，打开地图一看就可以看见的。"

话的线索暂时中断。过了一会儿，那最初说话的人又回到那"时间"问题，发怒似的说道："不论如何，白过了七年工夫总是一个事实。我们从今天起，不能再让有一天白白过去，如果再敷敷衍衍，不洗心革面，真是不堪设想的。然而那七个年头还是白废的！"

"要是能够这样，那么，七年时间虽然可惜，也还算不是白过的！否则，那就是真真地白过了，倘有上帝的话，上帝也不会同情，更不用说历史的法则铁面无情。"

时间，换取了什么？今天我们必须认真问，认真想一想了。

1944 年 7 月 8 日。

谈排队静候之类

等候公共汽车，应当排队。自从"有碍观瞻"的木栅拆去以后，候车者的长蛇阵居然排得崭齐。当然也还有"弁髦法令"之辈使得群氓侧目，但此辈既非老百姓，自应例外，老百姓确是兢兢业业守法奉纪的。

排队静候的习惯确是在这几年来养成功了。现在是买米，买盐，买电影票、戏票、轮渡售票处，差不多只要十人以上就会"单行成列"起来。如果有人问我：七年来老百姓得到些什么？我会毫不迟疑地答道：排队静候就是一件。将来有谁要写一本例如"抗战期中我民族之进步"一类的书，我以为这一项是不应当遗漏的，因为，从这一项上，也可以证明老百姓程度之如何不够，连这一点点守秩序的 ABC 也得训之又训而始能，由此可知今日备受盟友指摘的行政效率之低，以及其他种种的不上轨道，理合见怪不怪，而这个责任当然相应由老百姓自己去负了。

而况臭虫外国也有。

不过，要是公共汽车数量充足，要是坐在小洞后边的售票员眼明手快些，要是……凡须排队静候的场合都添些合理性和计划性，那自然更好，至少"静候"的功夫会减少些——虽然这在训练老百姓之耐性这一点上也许是得不偿失的。

时间的意义，在排队静候的当儿，好像看不出它的重要性来。譬如候车，要是你能断定每隔半小时或数十分钟准有一辆车开到，那你的"静候"便不会没有时间的意义；又譬如排队买油盐之类，要是你能预先见到"静候"的结果是"今日货已卖完"，那你大概也要算一算你的时间究竟有没有更好的方法去浪费掉，然而不幸是两例之中包含的未知数太多了，叫你简直不敢再作"时间"换得 XYZ 的奢望，只是当作在受排队训练罢了。但这，实在也只是小市民知识分子如笔者之流的想法。老百姓——"老百姓"的心情不能那样悠闲。我曾经在某一清晨，经过某街，看见什么店外的长蛇之阵已经有半里远，旁人告诉我：此辈排队静候者在天未破晓时就已经来了。他们已经等候了四五小时，然而那什么店的排门依然紧闭，因为，还没到办公时间！

这里我们又碰到了"时间"这两个字了。同是这两个字，在门内的办公者的字典上，自然是和门外的长蛇之阵的静候者的字典上，各有各的意义的。在门内的字典上，"时间"这两字神圣得很，差一秒钟，大门是不开的；在门外那一群的字典上，"时间"比脚底下的泥还不如，所以天未破晓就来了。大人先生们闻（不是看见）有此等情形，怫然作色曰："真是胡闹，不成话！一点时间观念都没有。唉，这样的老百姓，这样的落后！太不够程度了，所以公家办事困难！"

落后，不够程度：摸黑起早在什么店外排队的老百姓诚惶诚恐不敢——也不知如何自辩。但是尽管落后，老百姓们却懂得比大人先生更明白：要是不会静候半天所得的结果是"今日货已售完"，他们也未必那么高兴赶早的。而且，即使摸黑起早，等候五六小时之后"门"开了，但是：里把长的队伍尚未过半，而"今天货完"的牌子又挂了出来，老百姓们明天还是要摸黑起早来等候。老百姓的"落后性"就有这样顽强的。这中间的道理，大人先生们不愿亦不屑想一想，他们大概只淡淡一笑道:"他们的时间不值钱!"

诸如此类,"时间"在各色不同人们的字典上有岂不同的"意义"与"价值"。

如果要找一个大家字典上意义与价值相同的"时间",我以为这几年来我们是用血的代价找得了一个了:这便是"空间换取时间"一语中的时间。虽然在极少数人的字典上,甚至连这一个"时间"也另有新解的。至于最近这"时间"竟也像摸黑起早者被嗤为不值钱,或是会不会弄到那些摸黑起早者的下场,那就请读者们去想一想罢,事有不忍言者,亦有未许详言者!呜呼,时间!

1944 年 7 月 19 日。敌犯怀远。

谈鼠

　　闲谈的时候偶尔也谈到了老鼠。特别是看见了谁的衣服和皮鞋有啮伤的痕迹，话题便会自然而然的转到了这小小的专过"夜生活"的动物。

　　这小小的动物群中，大概颇有些超等的"手艺匠"：它会把西装大衣上的胶质钮子修去了一层边，四周是那么匀称，人们用工具来做，也不过如此；女太太们的梆硬的衣领也常常是它们显本领的场所，它们会巧妙地揭去了这些富于浆糊的衣领的里边的一层而不伤及那面子。但是最使我惊佩的，是它们在一位朋友的黑皮鞋上留下的"杰作"：这位朋友刚从东南沿海区域来，他那双八成新的乌亮的皮鞋，一切都很正常，只有鞋口周围一线是白的，乍一看，还以为这又是一种新型，鞋口镶了白皮的滚条——然而不是！

　　对于诸如此类的小巧的"手艺"，我们也许还能"幽默"一下——虽然有时也实在使你"啼笑皆非"。

　　可惜它们喜欢这样"费厄泼赖"的时候，并不太多，最通常的，倒是集恶劣之大成的作法。例子是不怕没有的，比方：因为"短被盖"只顾到头，朋友A的脚趾头便被看中了，这位朋友的睡劲也真好，迷迷糊糊的，想来至多不过翻个身罢了，第二天套上鞋子的时候这才觉得不是那么一回事，急忙检查，原来早已血污斑驳。朋友 B 的不满周岁的婴儿大哭不止，渴睡的年轻的母亲抚拍无效，点起火一看，这可骇坏了，婴儿满面是血了，揩干血，这才看清被啮破了鼻囱了。为了剥削脚趾头上和鼻孔边那一点咸咸的东西，竟至于使被剥削者流血，这是何等的霸道，然而使人听了发指的，还有下面的一件事。在 K 城，有一位少妇难产而死，遗体在太平间内停放了一夜，第二天发现缺少了两颗眼珠！

"鼠窃"这一句成语，算是把它们的善于鬼鬼祟祟，偷偷摸摸，永远不能光明正大的特性，描摹出来了。然而对于弱者，它们也是会有其胆的。它们敢从母鸡的温暖的翅膀下强攫了她的雏儿。这一只可怜的母鸡，抱三个卵，花了二十天工夫，她连吃也无心，肚子下的羽毛也褪光了，憔悴得要命，却只得了一只雏鸡，这小小的东西一身绒毛好像还没大干，就啾啾地叫着，在母亲的大翅膀下钻进钻出，洒几粒米在它面前，它还不知道吃，而疲惫极了的母亲咕咕地似乎在教导它。可是当天晚上，母鸡和小鸡忽然都叫得那样惨，人们急忙赶来照看时，小鸡早已不见影踪，母鸡却蹲在窠外地上——从此她死也不肯再进那窠了。

其实鸡们平时就不愿意伏在窝里睡觉，孵卵期是例外。平时它们睡觉总喜欢蹲在什么竹筐子的边上，这大概是为了防备老鼠。因此也可想到了为了孵卵，母鸡们的不避危险的精神有多么伟大！江南养鸡都用有门的竹笼，这对于那些惯会放臭屁来自救的黄鼠狼，尚不失为有效的防御工事，黄鼠狼的躯干大，钻不进那竹笼的小方格。但是一位江南少妇在桂林用了同样的竹笼，却反便宜了老鼠；鸡被因于笼走不开，一条腿都几乎被老鼠咬断了。

但尽管是多么强横，对于"示众"也还知道惧怕。捉住了老鼠就地钉死，暴尸一二日，据说是颇有"警告"的效力的。不过这效力也有时间性，我的寓所里有一间长不过四尺宽二尺许的小房，因其太小，就用以储放什物，其中也有可吃的，都盖藏严密，老鼠其实也没法吃到，然而老鼠不肯断念，每夜都要光顾这间小房。墙是竹笆涂泥巴的墙，它们要穿一个孔，实在容易得很。最初我们还是见洞即堵，用瓦片，用泥巴，用木板，后来堵住了这里，那边又新穿了更大的洞，弄得到处千疮百孔，这才从防御而转为进攻。我们安设了老鼠夹子。第一夜，到了照例的时光，夹墙中果然照例蠢动，听声音就知道是一头相当大的家伙，从夹墙中远远地奔来，毫不踌躇，熟门熟路，直奔向它那目的地了，接着，拍叉一声，这目无一切的家伙果然种瓜得瓜。这以后，约有个把月，绝对安静，但亦只有个把月而已，不能再多。鼠夹子虽已洗过熏过，可再也无用。当然不能相信老鼠当真通灵，然而也不能不佩服它那厉害的嗅觉。我们特别要试验这些贪婪的小动物抵抗诱惑的决心有多大多久。我们找了最香最投鼠之所好的东西装在鼠夹子上，同时厉行了彻底的"清野"，使除此引诱物外，简直无可得食。一天，两天，没有效；可是第三天已经天亮的时候，我们被拍叉的声音惊醒，一头少壮的鼠子又捉住了，想来这是个耐不住馋的莽撞的家伙。

然而这第二回所得的安静时间，只有一个星期。

不但嗅觉厉害，老鼠大概又是多疑的，而且警觉心也提得相当高。鼠药因此也不能绝对有效，除非别无可食之物，鼠们未必就来上当；特别是把鼠药放在特制的食物中，什九是徒劳。扫荡老鼠似乎是个社会问题，一家两家枝枝节节为之，决不是办法。记得前些时候，报上载过一条新闻，伦敦的警察和市民合作，举行了大规模的扫荡，全市于同一日发动，计用去鼠药数万磅，粮食数吨，厨房、阴沟等一切阴暗角落，全放了药，结果得死鼠数百万头。数百万这数目，不知占全伦敦老鼠总数的几分之几，数百万的数目虽然不小，但说伦敦的老鼠全部毒死，恐怕也不近事理。自然，鼠的猖獗是会因此一举而大大减少的，不过这也恐怕只是一时而已。

　　似乎凡有人类居住的地方就不会没有偷偷摸摸的又狡猾贪婪的丑类。所差者，程度而已。报上又登过一条消息：重庆市卫生当局特地设计了防鼠模范建筑。我们可以相信这种模范建筑会比竹笆涂泥巴的房屋要好上几百倍；然而我们却不敢相信这样一道防线就能挡住了老鼠侵略的凶焰，当四周都是老鼠繁殖的好场所的时候，一幢好的房子也只能相当的减少鼠患而已。老鼠是一个社会问题，没有市民全体的总动员，一家两家和鼠斗争，结果是不容乐观的。但这不是说，斗争乃属多事，斗争总能杀杀它们的威；不过一劳永逸之举，还是没有。

　　人们的拿手好戏是妥协。和老鼠妥协，恐怕也是由来已久的。人，到底比老鼠会打算盘，权衡轻重之后，人是宁愿供养老鼠，而不愿因小失大，损坏了他们认为值钱的东西。鼠们大概会洋洋得意，自认胜利，而不知已经中了人们的计。有一家书店把这妥协方策执行得非常彻底，他们研究出老鼠们喜欢换胃口，有时要吃面，有时又要吃米，可是老鼠当然不会事前通知，结果，人们只好每晚在书栈房里放一碗饭和一碗浆糊，任凭选择。据说这办法固然可以相当减少了书籍的损坏，如果这样被供养的鼠类会减低它们的繁殖力，那问题倒还简单，否则，这妥协的办法总有一天会使人们觉得负担太重了一点。

　　在鼠患严重的地方，猫是照例不称职的。换过来说，也许本来是猫不像猫，这才老鼠肆无忌惮，而且又因为鼠患太可怕了，猫被当作宝贝，猫既养尊处优，借鼠以自重，当然不肯出力捕鼠了；不要看轻它们是畜生，这一点骗人混饭的诀窍似乎也很内行的呢！

　　1937 年 3 月 17 日。

谈月亮

不知道什么原因，我跟月亮的感情很不好。我也在月亮底下走过，我只觉得那月亮的冷森森的白光，反而把凹凸不平的地面幻化为一片模糊虚伪的光滑，引人去上当；我只觉得那月亮的好像温情似的淡光，反而把黑暗潜藏着的一切丑相幻化为神秘的美，叫人忘记了提防。

月亮是一个大骗子，我这样想。

我也曾对着弯弯的新月仔细看望。我从没觉得这残缺的一钩儿有什么美；我也照着"诗人"们的说法把这弯弯的月牙儿比作美人的眉毛，可是愈比愈不像，我倒看出来，这一钩的冷光正好像是一把磨得锋快的杀人的钢刀。

我又常常望着一轮满月。我见过她装腔作势地往浮云中间躲，我也见过她像一个白痴人的脸孔，只管冷冷地呆木地朝着我瞧；什么"广寒宫"，什么"嫦娥"——这一类缥缈的神话，我永远联想不起来，可只觉得她是一个死了的东西，然而她偏不肯安分，她偏要"借光"来欺骗漫漫长夜中的人们，使他们沉醉于空虚的满足，神秘的幻想。

月亮是温情主义的假光明！我这么想。

呵呵，我记起来了；曾经有过这么一回事，使得我第一次不信任这月亮。那时我不过六七岁，那时我对于月亮无爱亦无憎。有一次月夜，我同邻舍的老头子在街上玩。先是我们走，看月亮也跟着走；随后我们就各人说出他所见的月亮有多么大。"像饭碗口"，是我说的。然而邻家老头子却说"不对"，他看来是有洗脸盆那样子。

"不会差得那么多的！"我不相信，定住了眼睛看，愈看愈觉得至多不过是"饭碗口"。

"你比我矮，自然看去小了呢。"老头子笑嘻嘻说。

于是我立刻去搬一个凳子来，站上去，一比，跟老头子差不多高了，然而我头顶的月亮还只有"饭碗口"的大小。我要求老头子抱我起来，我骑在他的肩头，我比他高了，再看看月亮，还是原来那样的"饭碗口"。

"你骗人哪！"我作势要揪老头儿的小辫子。

"嗯嗯，那是——你爬高了不中用的。年纪大一岁，月亮也大一些，你活到我的年纪，包你看去有洗脸盆那样大。"老头子还是笑嘻嘻。

我觉得失败了，跑回家去问我的祖父。仰起头来望着月亮，我的祖父摸着胡子笑着说："哦哦，就跟我的脸盆差不多。"在我家里，祖父的洗脸盆是顶大的。于是我相信我自己是完全失败了。在许多事情上都被家里人用一句"你还小哩"来剥夺了权利的我，于是就感到月亮也那么"欺小"，真正岂有此理。月亮在那时就跟我有了仇。

呵呵，我又记起来了，曾经看见过这么一件事，使得我知道月亮虽则未必"欺小"，却很能使人变得脆弱了似的，这件事，离开我同邻舍老头子比月亮大小的时候也总有十多年了。那时我跟月亮又回到了无恩无仇的光景。那时也正是中秋快近，忽然有从"狭的笼"[1]里逃出来的

1　原为俄国盲诗人爱罗先珂所作童话的篇名，这里借指封建家庭的樊笼。

一对儿，到了我的寓处。大家都是丱角之交，我得尽东道之谊。而且我还得居间办理"善后"。我依着他们俩铁硬的口气，用我自己出名，写了信给双方的父母——我的世交前辈，表示了这件事恐怕已经不能够照"老辈"的意思挽回。信发出的下一天就是所谓"中秋"，早起还落雨，偏偏晚上是好月亮，一片云也没有。我们正谈着"善后"事情，忽然发现了那个"她"不在我们一块儿。自然是最关心"她"的那个"他"先上楼去看去。等过好半晌，两个都不下来，我也只好上楼看一看到底为了什么。一看可把我弄糊涂了！男的躺在床上叹气，女的坐在窗前，仰起了脸，一边望着天空，一边抹眼泪。

"哎，怎么了？两口儿斗气？说给我来听听。"我不会想到另有别的问题。

"不是呀——"男的回答，却又不说下去。

我于是走到女的面前，看定了她——凭着我们小时也是捉迷藏的伙伴，我这样面对面朝她看是不算莽撞的。

"我想——昨天那封信太激烈了一点。"女的开口了，依旧望着那冷清清的月亮，眼角还着泪珠，"还是，我想，还是我回家去当面跟爸爸妈妈办交涉——慢慢儿解决，将来他跟我爸爸妈妈也有见面之余地。"

我耳朵里轰地响了一声。我不知道什么东西使得这个昨天还是嘴巴铁硬的女人现在忽又变计。但是男的此时从床上说过一句来道：

"她已经写信告诉家里，说明天就回去呢！"

这可把我骇了一跳。糟糕！我昨天全权代表似的写出两封信，今天却就取消了我的资格；那不是应着家乡人们一句话：什么都是我好管闲事闹出来的。那时我的脸色一定难看得很，女的也一定看到我心里，她很抱歉似的亲热地叫道："×哥，我会对他们说，昨天那封信是我的意思叫你那样写的！"

"那个，只好随它去；反正我的多事是早已出名的。"我苦笑着说，盯住了女的面孔。月亮光照在她脸上，这脸现在有几分"放心了"的神气；忽然她低了头，手捂住了脸，就像闷在瓮里似的声音说："我撇不下妈妈。今天是中秋，往常在家里妈给我……"

我不愿意再听下去。我全都明白了，是这月亮，水样的猫一样的月光勾起了这位女人的想家的心，把她变得脆弱些。

从那一次以后，我仿佛懂得一点关于月亮的"哲理"。我觉得我们向来有的一些关于月亮的文学好像几乎全是幽怨的、恬退隐逸的，或者缥缈游仙的。跟月亮特别有感情的，好像就是高山里的隐士，深闺里的怨妇，求仙的道士。他们借月亮发了牢骚，又从月亮得到了自欺的安慰，又从月亮想象出"广寒宫"的缥缈神秘。读几句书的人，平时不知不觉间熏染了这种月亮的"教育"，临到紧要关头，就会发生影响。

原始人也曾在月亮身上做"文章"——就是关于月亮的神话。然而原始人的月亮文学只限于月亮本身的变动；月何以东升西没，何以有缺有圆有蚀，原始人都给了非科学的解释。至多亦不过想象月亮是太阳的老婆，或者是姊妹，或者是人间的"英雄"逃上天去罢了。而且他们从不把月亮看成幽怨闲适缥缈的对象。不，现代澳洲的土人反而从月亮的圆缺创造了奋斗的故事。这跟我们以前的文人在月亮有圆缺上头悟出恬淡知足的处世哲学相比起来，差得多么远呀！

把月亮的"哲理"发挥得淋漓尽致的，也许只有我们中国罢？不但骚人雅士美女见了月亮，便会感发出许多的幽思离愁，扭捏缠绵到不成话；便是暗呜叱咤的马上英雄也被写成了在月亮的魔光下只有悲凉，只有感伤。这一种"完备"的月亮"教育"会使"狭的笼"里逃出来的人也触景生情地想到再回去，并且我很怀疑那个邻舍老头子所谓"年纪大一岁，月亮也大一些"的说头未必竟是他的信口开河，而也许有什么深厚的月亮的"哲理"根据罢！

从那一次以后，我渐渐觉得月亮可怕。

我每每想：也许我们中国古来文人发挥的月亮"文化"，并不是全然主观的；月亮确是那么一个会迷人会麻醉人的家伙。

星夜使你恐怖，但也激发了你的勇气。只有月夜，说是没有光明么？明明有的。然而这冷凄凄的光既不能使五谷生长，甚至不能晒干衣裳；然而这光够使你看见五个指头却不够辨别稍远一点的地面的坎坷。你朝远处看，你只见白茫茫的一片，消弭了一切轮廓。你变做"短视"了。你的心上会遮起了一层神秘的迷迷糊糊的苟安的雾。人在暴风雨中也许要战栗，但人的精神，不会松懈，只有紧张；人撑着破伞，或者破伞也没有，那就挺起胸膛，大踏步，咬紧了牙关，冲那风雨的阵，人在这里，磨炼他的奋斗力量。然而清淡的月光像一杯安神的药，一粒微甜的糖，你在她的魔术下，脚步会自然而然放松了，你嘴角上会闪出似笑非笑的影子，你说不定会向青草地下一躺，眯着眼睛望天空，乱麻麻地不知想到哪里去了。

自然界现象对于人的情绪有种种不同的感应，我以为月亮引起的感应多半是消极。而把这一畸形发挥得"透彻"的，恐怕就是我们中国的月亮文学。当然也有并不借月亮发牢骚，并不从月亮得了自欺的安慰，并不从月亮想象出神秘缥缈的仙境，但这只限于未尝受过我们的月亮文学影响的"粗人"罢！

我们需要"粗人"眼中的月亮，我又每每这么想。

1934 年中秋后。

文学与人生

今天讲的是文学与人生。中国人向来以为文学，不是一般人所需要的。闲暇自得，风流自赏的人，才去讲文学。中国向来文学作品，诗，词，小说等都很多，不过讲文学是什么东西，文学讲的是什么问题的一类书籍却很少，讲怎样可以看文学书，怎样去批评文学等书籍也是很少。刘勰的《文心雕龙》可算是讲文学的专书了，但仔细看来，却也不是，因为他没有讲到文学是什么等等问题。他只把主观的见解替文学上各种体格下个定义。诗是什么，赋是什么，他只给了一个主观的定义，他并未分析研究作品。司空图的《诗品》也没讲"诗含的什么"这类的问题。从各方面看，文学作品很多，研究文学作品的论文却很少。因此，文学和别种方面，如哲学和语言文字学等，没有清楚的界限。谈文学的，大都在修词方面下批评，对于思想并不注意。至于文学和别种学问的关系，更没有说起。所以要讲本题，在中国向来的书里，差不多没有材料可以参考。现在只能先讲些西洋人对于文学的议论，再来讲中国向来的文学，与人生有没有关系。

西洋研究文学者有一句最普通的标语是："文学是人生的反映（Reflection）。"人们怎样生活，社会怎样情形，文学就把那种种反映出来。譬如人生是个杯子，文学就是杯子在镜子里的影子。所以可说："文学的背景是社会的。""背景"就是所从发的地方。譬如有一篇小说，讲一家人家先富后衰的情形，那么，我们就要问讲的是那一朝。如说是清朝乾隆的时候，那么，我们看他讲的话，究竟像乾隆时候的样子不像？

要是像的，才算不错。上面的两句话，是很普通的。从这两句话上，大概可以知道文学是什么。固然，文学也有超乎人生的，也有讲理想世界的，那种文学，有的确也很好，不过都不是社会的。现在我们讲文学与人生的关系，单是说明"社会的"，还是不够，可以分下列的四项来说一说。

（一）人种。文学与人种，很有关系。人种不同，文学的情调也不同，哪一种人，有哪一种的文学，和他们有不同的皮肤、头发、眼睛等一样。大凡一个人种，总有他的特质，东方民族多含神秘性，因此，他们的文学也是超现实的。民族的性质，和文学也有关系。条顿人刻苦耐劳，并且有中庸的性质，他们的文学也如此，他们便是做爱情小说，说到苦痛的结果，总没有法国人那样的热烈。法国作家描写人物，写他们的感情，非常热烈。假如一个人心里烦闷，要喝些酒，在英人只稍饮一些啤酒，法人却必须饮烈性的白兰地。这英法两国人的譬喻，恰可以拿来当作比较。文学上这种不同之点是显然的。

（二）环境。我们住在这里，四面是什么。假设我们是松江人，松江的社会就是我的环境。我有怎样的家庭，有怎样的几个朋友……都是我的环境。环境在文学上影响非常厉害。在上海的人，作品总提着上海的情形；从事革命的人，讲话总带着革命的气概；生在富贵人家的，虽热心于平民主义，有时不期然而然地有种公子气出来。一个时代有一个环境，就有那时代环境下的文学。环境本不是专限于物质的，当时的思想潮流，政治状况，风俗习惯，都是那时代的环境，著作家处处暗中受着他的环境的影响，决不能够脱离环境而独立。即使是探索宇宙之秘奥的神秘诗人，他的作品里可以和他的环境无涉——就是并不提其他的环境，但是他的作品的思想一定和他的大环境有关。即使是反乎他那时代的思潮的，仍旧是有关系，因为他的"反"，是受了当时思潮的刺戟，决不是凭空跳出来的。至于正面的例子，在文学史上简直不胜枚举。例如法国生了佐治申特等一批大文学家，他们见的是法国二次革命与复辟，所以描写的都是法国那时代环境下的人物。申特虽为了他的革命思想，逃到外国，可是他的作品，总离不掉法国那时代的色彩。举眼前的例：我们在上海，见的是电车、汽车，接触的可算大都是知识阶级，如写小说，断不能离了环境，去写山里或乡间的生活。英国诗人勃恩斯（Burns）的田园风景诗，现在人说他怎样好，怎样美丽、平静；十九世纪末，作家都写都会状况，有人说他们堕落；这都是环境使然。又如十九世纪末有许多德国人，厌了城市生活，去描写田园，但是他们的望乡心，一看便知。这就是反面的例。可见环境和文学，关系非常密切，不是在某种环境之下的，必不能写出那种环境；在那种环境之下的，必不能跳出了那种环境，去描写出别种来。有人说，中国近来的小说，范围太狭，道恋爱只及于中学的男女学生，讲家庭不过是普通琐屑的事，谈人道只有黄包车夫给人打等等。实在这不是中国人没有能力去做好些，这实在是现在的作家的环境如此，作家要写下等社会的生活，而他不过见黄包车夫给人打这类的事，他怎样能写别的？

（三）时代。这字或是译得不好。英文叫 Epoch，连时代的思潮，社会情形等都包括在内。或者说时势，比较近些。我们现在大家都知道有"时代精神"这一句话。时代精神支配着政治、哲学、文学、美术等等，犹影之与形。各时代的作家所以各有不同的面目，是时代精神的缘故；同一时代的作家所以必有共同一致的倾向，也是时代精神的缘故。自然也有例外，但大体总是如此的。我们常听人说，两汉有两汉的文风，魏晋有魏晋的文风……就是因为两汉有两汉的时代精神，魏晋有魏晋的时代精神。近代西洋的文学是写实的，就因为近代的时代精神是科学的。科学的精神重在求真，故文艺亦以求真为唯一目的。科学家的态度重客观的观察，故文学也重客观的描写。因为求真，因为重客观的描写，故眼睛里看见的是怎样一个样子，就怎样写。又因为尊重个性，所以大家觉得尽是特别或不好，不可因怕人不理会，就不说。心里怎样想，口里就怎样说。老老实实，不可欺人。这是近世时代精神表见于文艺上的例子。

（四）作家的人格（Personality）。作家的人格，也甚重要。革命的人，一定做革命的文学，爱自然的，一定把自然融化在他的文学里，俄国托尔斯泰的人格，坚强特异，也在他的文学里表现出来。大文学家的作品，那怕受时代环境的影响，总有他的人格融化在里头。法国法朗士（Anatolefrance）说："文学作品，严格地说，都是作家的自传……"就是这个意思了。

以上是西洋人的议论，中国古来虽没有这种议论，但是我们看中国文学，也拿这四项做根据。第一，中国文学，都表示中国人的性情：不喜现实，谈玄，凡事折中。中国的小说，无论好的坏的，末后必有个大团圆：这是不走极端的证据。关于人种一条，可以说没有违背。第二，环境更当然。中国文学的环境，自然都是中国的家庭社会。第三，时代的关系在中国似乎不很分明。但仔细看，也有的。讲旧文学的人说：同是赋，两汉的与魏晋的不同；同是诗，初唐盛唐晚唐也不同。李义山的无论那一首诗，必不能放在初唐四杰的诗中。他们的诗，同是几个字缀成，同讲格律，只因时代不同，作品就迥然两样。《世说新语》的文字，在句法与文气上都与他书不同，《宋人语录》亦如此，与《水浒》不同，与《宣和遗事》又不同。这都可以说因为时代空气不同。非但思想不同，文气、格律也有不同。可见时代的影响，也很厉害。至于人格，真的作家，不是欺世盗名的，也有他们的人格在作品里。所以文学与人生的四项关系，在中国也不是例外了。

文学与人生简单的说明不过如此。从这里，我们得到一个教训，就是凡要研究文学，至少要有人种学的常识，至少要懂得这种文学作品产生时的环境，至少要了解这种文学作品产生时代的时代精神，并且要懂这种文学作品的主人翁的身世和心情。

1922 年。

闻笑有感

笑是喜悦的表示，动物之中，大概只有人类有这本领罢。猴子也能作笑的姿态，但亦不过是姿态而已，看了不会引起快感，或且以为丑。至于微笑，冷笑，苦笑等等复杂的不尽是表示喜悦而别有滋味的各式之笑，那更是人类所独特擅长。

简直可以说，愈是思想情绪复杂且多矛盾而变态的人，笑之内容也愈为复杂而多变态；原始意味的笑——即天真的笑，差不多很难在这样人们的脸上找到了，通常我们见到的，倘不是虚伪的笑便是恶意的笑，这又是人类比猴子高明的地方，猴子大概作不出虚伪的笑，并且大概也没有恶意的笑。

但是也还有若干种类的笑，其动机似可索解却又未必竟能索解。譬如青年的疯女人，一丝不挂出现于大街，此时围观者如堵，笑声即错杂起落，如果再有一个无赖之徒对疯妇作猥亵之动作，旁观者就一定会哄然大笑。这样的笑，当然并不虚伪，确是"真情之流露"，远远听去，你会猜想这所笑者一定是一件可喜的事；那么，这是恶意的笑了，可又不尽然，当然说不上含有善意，但围而观者之群其中百分之九十九与此疯妇确无丝毫的仇恨，既无仇恨，则看见她在那样悲惨的境地而犹受无赖子的欺侮，纵使不生同情亦何必投之以恶意的笑呢？然则是缺乏同情心的缘故么？在此一场合，围观者同情心之薄弱，即就"围观"一举已可概见，自不待论；但是同情心之缺乏并不一定造成那样纵声狂笑的结果。假如有一位绅士在场，恐怕他是不笑的，虽然这位绅士跟围观之群比较起来，心地要肮脏得多，白天黑夜，他时时存着损人利己之心，而围观之群却确是善良（虽则赶不上那位绅士的聪明）的人们。

这样看来，恐怕只能把这种变态的笑解释为并无意义的动作，这恐怕是神经受了不寻常的一刺骤然紧张而起的一种反应，这中间并无恶意，当然也未必带有幸灾乐祸的成分。但"一半是神，一半是兽"的万物之灵，在这当儿，却突然褪落了"神"的光圈，而呈现了赤裸裸的"兽"的本色，大概也是不能讳言的事罢？

在街头遇到了这种的笑，并不比在雅致的客厅中遇到了虚伪的笑，更为舒服些，不过那不舒服的滋味应当是不相同罢？前者是悲哀而后者是憎恶。在前者，我们感到文化教育力之不足，在后者，我们看见了相反的作用——"人"非但未能净化，反倒被"教养"得更卑鄙龌龊了！我不得不承认：那种无意义的原始性的傻笑，虽使我听了战栗，可是比起客厅中高贵人们的虚伪的——可又十分有礼貌的笑，至少是"天真"些罢？

不过在大街上那样笑的机会究竟不多，常见者乃在室内。在文雅的背景前，有"教养"的嘴巴绘声绘影地在叙述一些惨厉的故事的时候，听到了那样野性的放纵的笑声，迫使人毛骨悚然，当亦不下于在大街。这时的笑，当然决无虚伪，可也不见得如何"天真"，这里可以嗅出自私的气味，讲述者和听而笑者似乎都把这当作一种娱乐，一种享受，他们似乎习惯了要把血腥的人类灵魂被践踏的故事当作饱食以后的消化剂，把别人的痛苦当作自己开心的资料。这原来不是没有"教养"的人所知道的。

人们说近来有些话剧，偏重"噱头"，于是慨叹于"低级趣味"之盛行，但是，见"噱头"而笑，即使是"低级趣味"罢，亦不过趣味低级而已；事有甚于此者，即并非"噱头"而且简直是不应当笑的地方，也往往听到喷发的笑声，叫人突然觉得这就是疯女人出现在大街上所引起的同样的声音。有一次我看电影，就在我近旁发出了这样变态的笑声；后来我留心看那几位"可敬的人们"，确也是衣冠楚楚，一表堂堂，标明是有"教养"的——即不是粗人，换一句话，就是那些看腻了"噱头"转而要从血腥和眼泪中寻取笑料的人！

人的感情有能变态到这样的地步的，这是人的堕落呢或是"进化"，自不待论；不过再一想，在众人的骷髅堆上建筑起一人的尊严富贵的，今世实在太多了，那么，仅仅在话剧或电影上找寻这样发泄的家伙，实在也不足责了。

剩下来的一个问题是：到了还没看腻"噱头"的小市民群的钱袋也不大宽裕而不得不依靠那些连"噱头"都已看腻转而要从血腥与眼泪——别人的痛苦中找寻娱乐的人们作为基本观众时，我们的戏剧将怎样办呢？

也许这是杞忧，现在这大时代有的是能使人痛快地一哭因而也就能健康地一笑的题材。但是看到那依然如故的"尺度"，我不能不担心我这个忧虑迟早要成为问题了。

1944 年 10 月。

一点回忆和感想

二十多年前有一个年轻人因为人家说他"不觉悟"，气得三天没有吃饭。"不觉悟"算是最不名誉的一件事，每一个有志气的青年交朋友，谈恋爱，都要先看对方是不是觉悟了的。趣味相投的年轻人见面谈不到三句话就要考问彼此的"人生观"；他们很干脆地看不起那些自认还"没有人生观"的人，虽然对于"人生观"这东西他们自己也还说不出个所以然来。

这在当时是一种风气；在当时，也就有些大人先生们看着不顺眼，嗤之为"浅薄"，在今天看来，也觉得不免"幼稚"，然而，何尝不是幼稚得可爱？罗丹的有名的雕像叫做"铜器时代"，我们那时的青年就好比是"铜器时代"；这是从长夜漫漫中骤然睁开眼来，闻所未闻，见所未见，惊异而狂喜，陡然认识了自身的价值，了解了自身的使命，焦灼地寻求侣伴，勇敢地跨出第一步，这样的义无旁顾，一往直前的精神状态，这正是古代哲人所咏叹的"朝闻道，夕死可矣"的精神，难道还不够伟大！

在那时，"觉悟"与"不觉悟"的，如同黑白一样分明。鄙夷权势，敝屣尊荣，不屑安闲，对于那些抱着臭老鼠而沾沾自满的家伙只觉得可怜，掉臂游行于稠人广座之中，旁若无人地发议论，白眼看天，意若曰："你们这一套值得什么，我有我的人生观！"这是"觉悟者"的风格。诚然这不免是"幼稚"罢？然而何等可爱！事实上也正是这些"幼稚"的人们，冲锋陷阵，百炼成钢，在近二十年的中国历史上写下了光焰万丈的诗篇！

在那时，也有这样的青年：听他的议论，头头是道，看他的行事，世故深通，一则曰："这是应付环境。"再则曰："为了生活，不得不然。"真人面前说假话，放一个屁也要"解释"出一番道理来。你说他是"罗亭"么？他没有罗亭那样热情坦白；说他是"阿Q"么？他比阿Q多些洋气，多会一套八股，多懂若干公式。而尤其不凡的，他会批评二十多年前的年轻人：幼稚！当然，他是老练的；可是也老练得太可怕了！

在那时，明明是"少爷出身"的人，总想人家不当他是"少爷"，忘记了他是"少爷"，总想从自己身上抹去这"少爷"的痕迹。在今天，有些明明不是"少爷"或者当不成"少爷"了的，却总想给人家一个印象，他是世家子弟，他是百分之百的"少爷"，好像他那一套漂亮的前进词令唯有在"本来是少爷"的背景之前才更漂亮似的。

二十多年前的少女视涂朱抹粉为污辱，视华衣盛饰为桎梏；二十多年后，少女成为中年妇人了，可又视昔之以为"污辱"及"桎梏"者为美，为"场面"，而且说起从前那样厌恶那些"污辱"和"桎梏"，总带点忸怩，总自谦为"幼稚"，若不胜其遗憾。而且还有理由："你看苏联女人也都浓妆艳抹！"五年计划以前苏联女人的妆饰如何，当然不谈。《官场现形记》描写一位"提倡俭朴"的巡抚大人，属员们穿了整齐些的衣服来见他便要挨骂，结果是省城里旧衣铺的破烂官服价钱比新的还贵。二十多年前屏华饰而不御的那些女青年当然和这位巡抚大人在动机上大有差异，至多只能说那是"幼稚"，然而这样的"幼稚"在今天的女青年群中可惜太少见了。

我想起这一切，真有点惘然。我并不愿意无条件拥护二十多年前那种"幼稚"，然而我又觉得，和那时的"幼稚"一同来的坦白，天真，朴素，勇敢，正是今天若干极想"避免幼稚"的年轻人所缺乏的。不怕幼稚，所可怕者，倒是这一点欠缺！

1945 年"五四"前 3 日。

速写一

　　沿浴池的水面，伸出五个人头。

　　因为浴池是圆的，所以差不多是等距离地排列着的五个人头便构成了半规形的"步哨线"，正对着浴池的白石池壁一旁的冷水龙头。这是个擦得耀眼的紫铜质的大家伙，虽然关着嘴，可是那转柄的节缝中却虫虫地飞进出两道银线一样的细水，斜射上去约有半尺高，然后乱纷纷地落下来，像是些极细的珠子。

　　五岁光景的一对女孩子就坐在这个冷水龙头旁边的白石池壁上，正对着我们五个人头。水蒸气把她们俩的脸儿熏得红喷喷的，头上的水打湿了的短发是墨黑黑的，肥胖的小身体又是白生生的。她们俩像是孪生姊妹。坐在左边的一个的肥白的小手里拿着个橙黄色透明体的肥皂盒子；她就用这小小的东西舀水来浇自己的胸脯。右边的一个呢，捧了一条和她的身体差不多长短的手巾，在她的两股中间揉摩。

　　虽是这么幼小的两个，却已有大人的风度，然而多么妩媚。

　　这样想着，我侧过脸去看我左边的一个人头。这是满腮长着黑森森的胡子根的中年汉子的强壮的头。他挺起了眼睛往上瞧，似乎颇有心事。

　　我再向右边看。最近的一个正把滴水的手巾盖在脸上，很艰辛地喘气。再过去是三角脸的青年，将后颈枕在浴池的石壁上，似乎已经入睡。更过去是一张肥胖的圆脸，毫无表情地浮在水面，很像个足球。

忽然那边的矿泉水池里豁剌剌一片水响，冒出个黄脸大汉来，胸前有一丛黑毛。他晃着头，似乎想出来却又蹲了下去。

大概是惊异着那边还有人，两个小女孩子都转过头去了。拿肥皂盒的一个的小脸儿正受着冷水龙头逃出来的水珠。她似乎觉得有些痒罢，她慢慢地举起手来搔了几下，便又很正经地舀起水来浇胸脯。

1926年2月6日。

速写二

水声很单调地响着，琅琅地似乎有回音。浓雾一般的水蒸气挂在白垩的穹窿形屋顶下，又是入睡似的静定。

不知从什么时候起，浴场中只剩下我一个人。

坐在池子边的木板上，我慢慢地用浸透了肥皂沫的手巾摩擦身体。离开我的眼睛约莫有两尺远近，便是那靠着墙壁的长方形的温水槽，现在也明晃晃的像一面大镜子。

可是我不能看见我自己的影。我的三十度角投射的眼光却看见了那水槽的通到隔壁浴场的同样大小的镜片的水面。

这样在隔断了的两个浴场中间却依然有这地下泉似的贯通彼此的温水槽呢！而现在，却又是映见两方的镜子。我想起故乡民间传说里的跨立在阴阳界上的那面神秘的镜子来了。岂不是一半映出阴间的事而又一半映出阳间的事，正仿佛等于这个温水槽的临时的明镜？

我赞美这个民间传说的奇瑰的想象，我悠悠然推索这个民间传说的现实的张本。我下意识地更将头放低些，却翻起眼珠注视这沟通两世界的新的阴阳镜。

蓦地一个人形印在我的眼里了。只是个后身。然而腰部的曲线却多么分明地映写在这水的明镜！如果我是有一个失去了的此世间的恋人的呀，我怕要一定无疑地以为阳间的我此时正站在阴阳镜前面看见了在冥国的她的倩影！

　　一种热烈的异样的情绪抓住了我。那是痴妄的，然而同时也是圣洁的、虔诚的。

　　然后，正和传说中神秘的镜子同样地一闪，美丽的腰肢蓦地消失了；泼剌一声，挽着个小木盆的美丽的白手臂在镜平的水面一沉，又缩了上去。温水槽里起了晕状的波动。传说的梦幻的世界破灭了，依然是现实的浴场，依然是浓雾一般的蒸气弥漫在四壁间入睡似的静定。

　　1929 年 2 月 17 日。

冥屋

小时候在家乡，常常喜欢看东邻的纸扎店糊"阴屋"以及"船、桥、库"一类的东西。那纸扎店的老板戴了阔铜边的老花眼镜，一面工作一面和那些靠在他柜台前捧着水烟袋的闲人谈天说地，那态度是非常潇洒。他用他那熟练的手指头折一根篾，捞一朵浆糊，或是裁一张纸，都是那样从容不迫，很有艺术家的风度。

两天或三天，他糊成一座"阴屋"。那不过三尺见方，两尺高。但是有正厅，有边厢，有楼，有庭园；庭园有花坛，有树木。一切都很精致，很完备。厅里的字画，他都请教了镇上的画师和书家。这实在算得一件"艺术品"了。手工业生产制度下的"艺术品"！

它的代价是一块几毛钱。

去年十月间，有一家亲戚的老太太"还寿经"。我去"拜揖"，盘桓了差不多一整天。我于是看见了大都市上海的纸扎店用了怎样的方法糊"阴屋"以及"船、桥、库"了！亲戚家所定的这些"冥器"，共值洋四百余元。"那是多么繁重的工作！"——我心里这么想。可是这么大的工程还得当天现做，当天现烧。并且离烧化前四小时，工程方才开始。女眷们惊讶那纸扎店怎么赶得及，然而事实上恰恰赶及那预定的烧化时间。纸扎店老板的精密估计很可以佩服。

我是看着这工程开始，看着它完成；用了和儿时同样的兴味看着。

这仍然是手工业，是手艺，毫不假用机械；可是那工程的进行，在组织上，方法上，都是道地的现代工业化！结果，这是商品；四百余元的代价！

工程就在做佛事的那个大寺的院子里开始。动员了大小十来个人，作战似的三小时的紧张！"船"是和我们镇上河里的船一样大，"桥"也和镇上的小桥差不多，"阴屋"简直是上海式的三楼三底，不过没有那么高。这样的大工程，从扎架到装潢，一气呵成，三小时的紧张！什么都是当场现做，除了"阴屋"里的纸糊家具和摆设。十来个人的总动员有精密的分工，紧张连系的动作，比起我在儿时所见那故乡的纸扎店老板捞一朵浆糊，谈一句闲天，那种悠游从容的态度来，当真有天壤之差！"艺术制作"的兴趣，当然没有了；这十几位上海式的"阴屋"工程师只是机械地制作着。一忽儿以后，所有这些"船、桥、库、阴屋"，都烧化了；而曾以三小时的作战精神制成了它们的"工程师"，仍旧用了同样的作战的紧张帮忙着烧化。

和这些同时烧化的，据说还有半张冥土的"房契"（留下的半张要到将来那时候再烧）。

时代的印痕也烙在这些封建的迷信的仪式上。

1932年11月8日。

乡村杂景

人到了乡下便像压紧的弹簧骤然放松了似的。

从矮小的窗洞望出去，天是好像大了许多，松喷喷的白云在深蓝色的天幕上轻轻飘着；大地伸展着无边的"夏绿"，好像更加平坦；远处有一簇树，矮矮地蹲在绿野中，却并不显得孤独；反射着太阳光的小河，靠着那些树旁边弯弯地去了。有一座小石桥，桥下泊着一条"赤膊船"。

在乡下，人就觉得"大自然"像老朋友似的嘻开着笑嘴老在你门外徘徊——不，老实是"排闼直入"，蹲在你案头了。

住在都市的时候到公园里去走走，你也可以看见蓝天，白云，绿树，你也会暂时觉得这天，这云，这树，比起三层楼窗洞里所见的天的一角，云的一抹，树的尖顶确实是更近于"自然"；那时候，你也会暂时感到"大自然"张开了两臂在拥抱你了。但不知怎的，总也时时会感得这都市公园内所见的"大自然"不过是"大自然"的一部分，而且好像是"人工的"——比方说，就像《红楼梦》大观园里"稻香村"的田园风光是"人工的"一般。

生长在农村，但在都市里长大，并且在都市里饱尝了"人间味"，我自信我染着若干都市人的气质；我每每感到都市人的气质是一个弱点，总想摆脱，却怎地也摆脱不下；然而到了乡村住下，静思默念，我又觉得自己的血液里原来还保留着乡村的"泥土气息"。

可以说有点爱乡村罢?

不错,有一点。并不是把乡村当作不动不变的"世外桃源"所以我爱。也不是因为都市"丑恶"。都市美和机械美我都赞美的。我爱的,是乡村的浓郁的"泥土气息"。不像都市那样歇斯底里,神经衰弱,乡村是沉着的,执拗的,起步虽慢可是坚定的——而这,我称之为"泥土气息"。

让我们再回到农村的风景罢——

这里,绿油油的田野中间又有发亮的铁轨,从东方天边来,笔直的向西去,远得很,远得很;就好像是巨灵神在绿野里划的一条墨线。每天早晚两次,机关车拖着一长列的车厢,像爬虫似的在这里走过。说像爬虫,可一点也不过分冤枉了这家伙。你在大都市车站的月台上,听得"嗻"——的一声歇斯底里的口笛,立刻满月台的人像鬼迷了似的乱推乱撞,而于是,在隆隆的震响中,"这家伙"喘着大气冲来了,那时你觉得它快得很,又莽撞得很,可不是? 然而在辽阔的田野中,凭着短窗远远地看去,它就像爬虫,怪妩媚地爬着,爬着,直到天边看不见,混失在绿野中。

晚间,这家伙按着钟点经过时,在夏夜的薄光下,就像是一条身上有磷光的黑虫,爬得更慢了,你会代替它心焦。

还有那天空的"铁鸟",一天也有一次飞过。像一个尖嘴姑娘似的,还没见她的身影儿就听得她那吵闹的骚音,飞得不很高,翅膀和尾巴看去都很分明。它来的时候总在上午,乡下人的平屋顶刚刚袅起了白色的炊烟。戴着大箬笠穿了铁甲似的"蒲包衣"[1],在田里工作的乡下人偶然

---

1 乡下人夏天落田,都穿这特别的蒲包衣,犹之雨天穿蓑衣或梭衣。——作者原注

也翘头望一会儿，一点表情都没有。他们当然不会领受那"铁鸟"的好处，而且他们现在也还没吃过这"铁鸟"的亏。他们对于它淡漠得很，正像他们对于那"爬虫"。

他们憎恨的，倒是那小河里的实在可怜相的小火轮。这应该说是一"伙"了，因为有烧煤的小火轮，也有柴油轮——乡下人叫做"洋油轮船"，每天经过这小河，相隔二三小时就听得那小石桥边有吱吱的汽管叫声。这小火轮的一家门，放在大都市的码头上，谁也看它们不起。可是在乡下，它们就是恶霸。它们轧轧地经过那条小河的时候总要卷起两道浪头，泼剌剌地冲打那两岸的泥土。这所谓"浪头"，自然么小可怜，不过半尺许高而已，可是它们一天几次冲打那泥岸，已经够使岸那边的稻田感受威胁。大水的年头儿，河水快与岸平，小火轮一过，河水就会灌进田里。就在这一点，乡下人和小火轮及其堂兄弟柴油轮成了对头。

小石桥迤西的河道更加窄些，轮船到石桥口就要叫一声，仿佛官府喝道似的。而且你站在那石桥上就会看见小轮屁股后那两道白浪泛到齐岸半寸。要是那小轮是烧煤的，那它沿路还要撒下许多黑屎，把河床一点一点填高淤塞，逢到大水大旱年成就要了这一带的乡下人的命。乡下人憎恨小火轮不是盲目的没有理由的。

沿着铁轨来的"爬虫"怎样像蚊子的尖针似的嘴巴吮吸了农村的血，乡下人是理解不到的；天空的"铁鸟"目前和乡村是无害亦无利；剩下来，只有小火轮一家门直接害了乡下人，就好比横行乡里的土豪劣绅。他们也知道对付那水里的"土劣"的方法是开浚河道，但开河要抽捐，纳捐是老百姓的本分，河的开不开却是官府的事。

刚才我不是说小石桥西首的河身特别窄么？在内地，往往隔开一个山头或是一条河就另是一个世界。这里的河身那么一窄，情形也就不同了。那边出产"土强盗"。这也是非常可怜相的"土强盗"，没有枪，只有锄头和菜刀。可是他们却有一个"军师"。这"军师"又不是活人，而是一尊小小的泥菩萨。

这些"土强盗"不过十来人一帮。他们每逢要"开市"，大家就围住了这位泥菩萨军师磕头膜拜，嘴里念着他们的"经"，有时还敲"法器"，跟和尚的"法器"一样。末了，"土强盗"伙里的一位——他是那泥菩萨军师的"代言人"——就宣言"今晚上到东南方有利"，于是大家就到东南方。"代言人"负了那泥菩萨到一家乡下人的门前，说"是了"，他的同伴们就动手。这份被光顾的人家照例是什么值钱的东西也不会有的，"土强盗"自然也知道；他们的目的是绑票。住在都市里的人一听说"绑票"就会想到那是一辆汽车，车里跳下四五人，都有手枪，疾风似的攫住了目的物就闪电似的走了。可是我们这里所讲的乡下"土"绑票却完全不同。他们从容得很。他们还有"仪式"。他们一进了"泥菩萨军师"所指定的人家，那位负着泥菩萨的"代言人"就站在门角里，脸对着墙，立刻把菩萨解下来供在墙角，一面念佛，一面拜，不敢有半分钟的停顿。直到同伴们已经绑得了人，然后他再把泥菩萨负在背上，仍然一路念佛跟着回去。

第二天，假使被绑的人家筹得了两块钱，就可以把肉票赎回。

据说这一宗派的"土"绑匪发源于温台[1]，可是现在似乎别处也有了。而他们也有他们的"哲学"。他们说，偷一条牛还不如绑一个人便当。牛使牛性的时候，怎地鞭打也不肯走，人却不会那么顽强抵抗。

真是多么可怜相，然而妩媚的绑匪呵？

1　所谓"温台"，指浙江省旧温州府和台州府的辖区。——作者原注

海南杂忆

我们到了那有名的"天涯海角"。

从前我有一个习惯：每逢游览名胜古迹，总得先找些线装书，读一读前人（当然大多数是文学家）对于这个地方的记载——题咏、游记等等。

后来从实践中我知道这不是一个好办法。

当我阅读前人的题咏或游记之时，确实很受感染，陶陶然有卧游之乐；但是一到现场，不免有点失望（即使不是大失所望），觉得前人的十分华赡的诗词游记骗了我了。例如，在游桂林的七星岩以前，我从《桂林府志》里读了好几篇诗、词以及骈四骊六的游记，可是一进了洞，才知道文人之笔之可畏——能化平凡为神奇。

这次游"天涯海角"，就没有按照老习惯，遑遑然做"思想上的准备"。

然而仍然有过主观上的想象。以为顾名思义，这个地方大概是一条陆地，突入海中，碧涛澎湃，前去无路。

但是错了，完全不是那么一回事。

所谓"天涯海角"就在公路旁边，相去二三十步，当然有海，就在岩石旁边，但未见其"角"。至于"天涯"，我想象得到千数百年前古人以此二字命名的理由，但是今天，人定胜天，这里的公路是环岛公路干线，直通那大，沿途经过的名胜，有盐场、铁矿等等：这哪里是"天涯"？

出乎我的意外，这个"海角"却有那么大块的奇拔的岩石；我们看到两座相偎相倚的高大岩石，浪打风吹，石面已颇光滑；两石之隙，大可容人，细沙铺地；数尺之外，碧浪轻轻拍打岩根。我们当时说笑话：可惜我们都老了，不然，一定要在这个石缝里坐下，谈半天情话。

然而这些怪石头，叫我想起题名为《儋耳山》的苏东坡的一首五言绝句：

> 突兀隘空虚，他山总不如。
>
> 君看道旁石，尽是补天遗！

感慨寄托之深，直到最近五十年前，凡读此诗者，大概要同声浩叹。我翻阅过《道光琼州志》，在"谪宦"目下，知谪宦始自唐代，凡十人，宋代亦十人；又在"流寓"目下，知道隋一人，唐十二人，宋亦十二人。明朝呢，谪宦及流寓共二十二人。这些人，不都是"补天遗"的"道旁石"么？当然，苏东坡写这首诗时，并没料到在他以后，被贬逐到这个岛上的宋代名臣，就有五个人是因为反对和议、力主抗金而获罪的，其中有大名震宇宙的李纲、赵鼎与胡铨。这些名臣，当宋南渡之际，却无缘"补天"，而被放逐到这"地陷东南"的海岛做"道旁石"。千载以下，真叫人读了苏东坡这首诗同声一叹！

经营海南岛，始于汉朝；我不敢替汉朝吹牛，乱说它曾经如何经营这颗南海的明珠。但是，即使汉朝把这个"大地有泉皆化酒，长林无树不摇钱"的宝岛只作为采珠之场，可是它到底也没有把它作为放逐罪人的地方。大概从唐朝开始，这块地方被皇帝看中了；可是，宋朝更甚于唐朝。宋太宗贬逐卢多逊至崖州的诏书，就有这样两句："特宽尽室之诛，止用投荒之典。"原来宋朝皇帝放逐到海岛视为仅比满门抄斩罪减一等，你看，他们把这个地方当作怎样"险恶军州"。

只在人民掌握政权以后，海南岛才别是一番新天地。参观兴隆农场的时候，我又一次想起了历史上的这个海岛，又一次想起了苏东坡那首诗。兴隆农场是归国华侨经营的一个大农场。你如果想参观整个农场，坐汽车转一转，也得一天两天。从前这里没有的若干热带作物，如今都从千万里外来这里安家立业了。正像这里的工作人员，他们的祖辈或父辈万里投荒，为人作嫁，现在他们回到祖国的这个南海大岛，却不是"道旁石"而是真正的补天手了！

我们的车子在一边是白浪滔天的大海、一边是万顷平畴的稻田之间的公路上，扬长而过。时令是农历岁底，北中国的农民此时正在准备屠苏酒，在暖屋里计算今年的收成，筹画着明年的夺粮大战罢？不光是北中国，长江两岸的农民此时也是刚结束一个战役，准备着第二个。但是，眼前，这里，海南，我们却看见一望平畴，新秧芊芊，嫩绿迎人。这真是奇观。

还看见公路两旁，长着一丛丛的小草，绵延不断。这些小草矮而丛生，开着绒球似的小白花，枝顶聚生如盖，累累似珍珠，远看去却又像一匹白练。

我忽然想起明朝正统年间王佐所写的一首五古《鸭脚粟》了。我问陪同我们的白光同志："这些就是鸭脚粟么？"

"不是！"她回答，"这叫飞机草。刚不久，路旁有鸭脚粟。"

真是新鲜，飞机草。寻根究底之后，这才知道飞机草也是到处都有，可做肥料。我问鸭脚粟今作何用，她说："喂牲畜。可是，还有比它好的饲料。"

我告诉她，明朝一个海南岛的诗人，写过一首诗歌颂这种鸭脚粟，因为那时候，老百姓把它当作粮食。这首诗说：

> 五谷皆养生，不可一日缺；
> 谁知五谷外，又有养生物。
> 茫茫大海南，落日孤兔没；
> 岂有亿万足，垄亩生倏忽。
> 初如兔足撑，渐见蛙眼突。
> 又如散细珠，钗头横屈曲。

你看，描写鸭脚粟的形状，多么生动，难怪我印象很深，而且错认飞机草就是鸭脚粟了。但是诗人写诗不仅为了咏物，请看它下文的沉痛的句子：

> 三月方告饥，催租如雷动；
> 小熟三月收，足以供迎送。
> 八月又告饥，百谷青在垄；
> 大熟八月登，持此以不恐。
> 琼民百万家，菜色半贫病；
> 每到饥月来，此草司其命。
> 间阎饱饭饼，上下足酒浆；
> 岂独济其暂，亦可赡其常。

照这首诗看来，小大两熟，老百姓都不能自己享用哪怕是其中的一小部分，而经常借以维持生命的，是鸭脚粟。

然而王佐还有一首五古《天南星》：

> 君看天南星，处处入本草；
> 夫何生南海，而能济饥饱。
> 八月风飕飕，间阎菜色忧；
> 南星就根发，累累满筐收。

这就是说："大熟八月登"以后，老百姓所得，尽被搜括以去，不但靠鸭脚粟过活，也还靠天南星。王佐在这首诗的结尾用了下列这样"含泪微笑"式的两句：

> 海外此美产，中原知味不？

1963 年 5 月 13 日。

忆冼星海

和冼星海见面的时候，已经是在听过他的作品的演奏，读过了他那万余言的自传以后。

那一次我所听到的《黄河大合唱》，据说还是小规模的，然而参加合唱人数已有三百左右；朋友告诉我，曾经有过五百人以上的。那次演奏的指挥是一位青年音乐家（恕我记不得他的姓名），是星海先生担任鲁艺音乐系的短短时期内训练出来的得意弟子；朋友又告诉我，要是冼星海自任指挥，这次的演奏当更精彩些。但我得老实说，尽管"这是小规模"，而且由他的高足，代任指挥，可是那一次的演奏还是十分美满——不，我应当承认，这开了我的眼界，这使我感动，老觉得有什么东西在心里抓，痒痒的又舒服又难受。对于音乐，我是十足的门外汉，我不能有条有理告诉你，《黄河大合唱》的好处在哪里。可是它那伟大的气魄自然而然使人鄙吝全消，发生崇高的情感，光是这一点也就叫你听过一次就像灵魂洗过澡似的。

从那时起，我便在想象：冼星海是怎样一个人呢？我曾经想象他该是木刻家马达（凑巧他也是广东人）那样一位魁梧奇伟，沉默寡言的人物。可是朋友们告诉我：不是，冼星海是中等身材，喜欢说笑，话匣子一开就会滔滔不绝的。

　　我见过马达刻的一幅木刻：一人伏案，执笔沉思，大的斗篷显得他头部特小，两眼眯紧如一线。这人就是冼星海，这幅木刻就名为《冼星海作曲图》。木刻很小，当然，面部不可能如其真人，而且木刻家的用意大概也不在"写真"，而在表达冼星海作曲时的神韵。我对于这一幅木刻也颇爱好，虽然它还不能满足我的"好奇"。而这，直到我读了冼星海的自传，这才得了部分的满足。

　　从冼星海的生活经验，我了解了他的作品之所以能有这样大的气魄。做过饭店堂倌，咖啡馆杂役，做过轮船上的锅炉间的火夫，浴堂的打杂，也做过乞丐——不，什么都做过的一个人，有两种可能：一是被生活所压倒，虽有抱负只成为一场梦，又一是战胜了生活，那他的抱负不但能实现，而且必将放出万丈光芒。"冼星海就是后一种人！"——我当时这样想，仿佛我和他已是很熟悉的了。

　　大约三个月以后，在西安，冼星海突然来访我。

　　那时我正在候车南下，而他呢，在西安已住了几个月，即将经过新疆而赴苏联。当他走进我的房间，自己通了姓名的时候，我吃了一惊，"呀，这就是冼星海么！"我心里这样说，觉得很熟识，而也感得生疏。和友人初次见面，我总是拙于言词，不知道说些什么好，而在那时，我又忙于将这坐在我对面的人和马达的木刻中的人作比较，也和我读了他的自传以后在想象中描绘出来的人作比较，我差不多连应有的寒暄也忘记了。然而冼星海却滔滔不绝说起来了。他说他刚出来，就知道我进去了，而在我还没到西安的时候就知道我要来了；他说起了他到苏联去的计划，问起了新疆的情形，接着就讲他的《民族交响乐》的创作。我对于音乐的常识太差，静聆他的议论（这是一边讲述他的《民族交响乐》的创作计划，一边又批评自己和人家的作品，表示他将来致力的方向），实在不能赞一词。岂但不能赞一词而已，他的话我记也记不全呢。可是，他那种气魄，却又一次使我兴奋鼓舞，和上回听到《黄河大合唱》一样。拿破仑说他的字典上没有"难"这一字，我以为冼星海的字典上也没有这一个字。他说，他以后的十年中将以全力完成他这创作计划；我深信他一定能达到。

我深信他一定能达到。因为他不但有坚强的意志和伟大的魄力，并且因为他又是那样好学深思，勇于经验生活的各种方面，勤于收集各地民歌民谣的材料。他说他已收到了他夫人托人带给他的一包陕北民歌的材料，可是他觉得还很不够，还有一部分材料（他自己收集的）却不知弄到何处去了。他说他将在新疆逗留一年半载，尽量收集各民族的歌谣，然后再去苏联。

现在我还记得的，是他这未来的《民族交响乐》的一部分的计划。他将从海陆空三方面来描写我们祖国山河的美丽，雄伟与博大。他将以"狮子舞""划龙船""放风筝"这三种民间的娱乐，作为他这伟大创作的此一部分的"象征"或"韵调"。（我记不清他当时用了怎样的字眼，我恐怕这两个字眼都被我用错了。当时他大概这样描写给我听：首先，是赞美祖国河山的壮丽，雄伟，然后，狮子舞来了，开始是和平欢乐的人民的娱乐——这里要用民间"狮子舞"的音乐，随后是狮子吼，祖国的人民奋起反抗侵略者了。）他也将从"狮子舞""划龙船""放风筝"这三种民族形式的民间娱乐，来描写祖国人民的生活、理想和要求。"你预备在旅居苏联的时候写你这作品么？"我这么问他。"不！"他回答，"我去苏联是学习，吸收他们的好东西。要写，还得回中国来。"

那天我们的长谈，是我和他的第一次见面，谁又料得到这就是最后一次呵！"要写，还得回中国来！"这句话，今天还在我耳边响，谁又料得到他不能回来了！

这也就是为什么我在写这小文的时候还觉得我是在做噩梦。我看到报上的消息时，我半晌说不出话。

这样一个人，怎么就死了！

昨晚我忽然这样想：当在国境被阻，而不得不步行万里，且经受了生活的极端的困厄，而回莫斯科去的时候，他大概还觉得这一段"傥来"的不平凡的生活经验又将使他的创作增加了绮丽的色彩和声调；要是他不死，他一定津津乐道这一番的遭遇，觉得何幸而有此罢？

现在我还是这样想：要是我再遇到他，一开头他就会讲述这一段颠沛流离的生活，而且要说："我经过中亚细亚，步行过万里，我看见不少不少，我得了许多题材，我作成了曲子了！"时间永远不能磨灭我们在西安的一席长谈给我的印象。

一个生龙活虎般的具有伟大气魄、抱有崇高理想的冼星海，永远坐在我对面，直到我眼不能见，耳不能听，只要我神智还没昏迷，他永远活着。

为了纪念鲁迅的六十生辰

第一次见鲁迅先生，是一九二七年十月，那时我由武汉回上海，而鲁迅亦适由广州来。他租的屋，正和我同在一个弄堂。那时我行动不自由，他和老三到我寓中坐了一回，我却没有到他寓里去，因为知道他那边客多。似乎以后就没有再会面，直到一九三〇年春。

这以后，我长住上海，不再走动，所以和他见面的时候也多了。不过我所知道的关于他的私生活，亦不多。现在追忆起来，觉得有些事虽然未经人道及，但是大都牵涉到过去十年间文坛上的"故事"，此刻暂时不提起也好。此外，好像大家都已听说过，我如果再来写，亦殊嫌蛇足。无已，从他治病这方面说一件事吧。

今年是鲁迅先生的六十冥寿，如果我们是在替他做生日，该多么好！他五十岁生日那天，上海文艺界同人曾在一个荷兰餐馆里为他祝寿。记得那天到会的外宾只有二三人。那时谁也不会想到（或感觉到）鲁迅先生活不过六十岁！

不但那时，在一九三五年如果有人说鲁迅不久于人世，那一定会被目为"黑老鸦"。鲁迅自己从未说他身体不好，人家看他也很好；他精神抖擞地战斗着。但在一九三五年十一月，有人"发现"了鲁迅身体实在不好。

　　记得是"十月革命"节的前一天或后一天，上海苏联领事馆招待少数文化人到领事馆去看电影。中国人去的只有五六个，其中有鲁迅和他的夫人、公子。那晚上看了《夏伯阳》（大概是），鲁迅精神很好，喝了一两杯"伏特加"。史沫特莱喝得很多，几乎有点醉了；但在电影映完，大家在那下临黄浦江的月台上休息时，史沫特莱严肃地对鲁迅说："我觉得你的身体很不好，你应该好好休养一下，到国外去休养。"

　　"我自己并不觉得什么不对，"鲁迅笑着说，"你从哪里看出我非好好休养不行呢？"

　　"我直觉到。我说不上你有什么病；可是我凭直觉，知道你的身体很不行！"

　　鲁迅以为她醉了，打算撇开这个话题，然而史沫特莱很坚持，似乎马上要决定：何时开始治病，到何处去……，她立刻要得一个确定。她并且再三说："你到了外国，一样做文章，而且对于国际的影响更大！"

　　那晚上没有结论。但在回去的汽车中，史沫特莱又请鲁迅考虑她的建议，鲁迅也答应了。过了一天，史沫特莱找我专谈这问题。总结她的意见：她认为鲁迅如不及时出国休养，则能够再活多少年，很成问题，但如果出国休养，则一二十年的寿命有把握！她不能从医理上说鲁迅有什么病，但她凭直觉深信他的体质太不行。她提议到高加索去休养，她要我切切实实和鲁迅谈这问题，劝他同意。

　　鲁迅后来也同意了——虽然他说起史沫特莱的"直觉"时，总幽默地笑着。并且也谈到，在休养时间他有机会完成《中国文学史》的著作了。但在不再反对之中，鲁迅也表示了如果是当真出国，问题却还多得很，恐怕终于是不出去的好。

　　到那年年底，史沫特莱说是接洽已妥，具体地来谈怎样走，何时走的时候，鲁迅早已决定还是暂时不出去。有过几次的争论，但鲁迅之意不能回。一九三六年一月，为这问题，争论了好几次，凡知此事者，都劝过鲁迅；可是鲁迅的意见是：自己不觉得一定有致命之病，倘说是衰弱，则一二年的休养也未必有效，因为是年龄关系；再者，即使在国外吃胖了，回来后一定立即要瘦，而且也许比没有出去时更瘦些，而且一出了国便做哑巴（指他自己未谙俄语），也太气闷。

据我猜想，那时文坛上的纠纷，恐怕也是鲁迅不愿出国的一个原因；那时期有人在传播他要出国的消息，鲁迅听了很不高兴，曾经幽默地说：他们料我要走，我偏不走，使他们多些不舒服。

出国问题争论的最后结果是：过了夏天再说。因为即使要出国，也得有准备，而他经手的事倘要结束一下，也不是一二个月可以完成的。

不幸那年二月尾，鲁迅先生就卧病，这病迁延到了秋季，终于不救。

1940 年 10 月。

恋爱与贞操的关系

　　大概中国的贞操观念是世界上最特别的一种贞操观念了。几千年提倡吃人礼教的结果，社会的全部伦理体系都是中了毒的；所谓"道德"，都是吃人精神的结晶，所谓"礼义"，都是欺人自欺的虚文。现在稍稍明白的人，谁也不能否认：中国的贞操主义就是吃人的主义，就是欺人自欺的主义。许多不合理的惨事都是受了贞操主义的毒——强制或诱引——而做出来的。这也是稍稍明白道理的人不能否认的。在中国宣传女子解放的福音，第一步应该打倒贞操观念这魔障，光景是一定的事，用不到怀疑的。

　　可是我们要明白：我们这里说的不问三七二十一第一步要先打破的，是中国历来相传的贞操观念；不是说男女相与之间可以完全没有一种高尚的、互相尊重、互相信托的精神。（这精神，我们姑且用贞操这个旧名词来代称，也还可以。）究竟男女相与之间是否需要这种精神，这东西对于人类文明的前进有什么样的大关系：确是一个尚待细商的问题，不是一言两语就可以解决的。然而我们至少可以先来断定一句：如有这精神，这也是人类理性的产物，和那旧日的贞操观念不同。旧日的贞操观念是人类占有欲望的产物，也可说是男子特有的永久占有心的产物，因为强要女子守贞的缘故不外男子视妻妾是一己之物，不许别人染指（不但生前，并且死后，也不许），在今日没有保存的可能，也是和二五等于一十一样，明明白白的。

我们竟可以说：不独中国历来相传的贞操观念是男子占有心的产物，便是世界现在有的一切不平等的贞操观念都是男子自私心的产物，都不是理性的产物，所以都应该打破的。不相信我这句话么？我也不用多举证据，只请你去细观察凡是号称文明社会中的人们对于男或女的自由性交抱的是什么态度。无论哪一个号称文明的社会（恐怕越是称为文明的，这态度也越是显明），对于自由性交（其实这"自由"两字也是那些文明人说说罢哩！）的男女，都有极不公平的两样看待；一个男子相与了许多女子，在他们看来，人格上不生问题，但如果一个女子相与了几个男子（或者也竟是男子的利诱威逼使她至此的），可就反了，人格上大生问题了。他们要说这女子不贞，却不说男子不贞；可知无论哪里，贞操这个名词是专为女子造的。虽然现在欧洲各国文明人民有些因为权利义务的观念太发达了，所以把男女间神秘的关系也视为权利义务的一种，夫妻俩都有彼此互尊权利（老实说，这只是根据于极卑下心理的权利观念罢哩！）的义务，但丈夫和别的女子相与，侵犯了妻的权利，其罪还是轻些。就是社会的制裁也还是不算什么的。英国现行的离婚律分明就是这不公平的夫妻间权利义务观念的说明。所以随你怎样讲权利义务，贞操这名词还是只为制裁女子侵犯男子的独有权而设的。中国的贞操观念却更进一步，连男子已死后的独有权还要保留，所以是最特别的。在新的贞操，贞操的新定义、新范围，还没确定出来之前，先要打破这些旧的；因为无论男女间相与到底该不该有贞操，这些旧有的偏畸的贞操观念总是不能适用的（在中国又特是害人的凶器），不打破它，留着做什么？

可是贞操究竟要不要呢？近来颇有些人讨论到这一个问题了。他们的议论大概可分做主张要的，与主张不要的两派。主张要的一派没有什么特别名儿。主张不要的一派就是大家知道的"自由恋爱"主义者。他们——自由恋爱论者——说，恋爱绝对自由，不受任何东西的拘束。从历史看来，夫妇名义、家庭制度等等一类东西，是拘束恋爱的自由活动的，所以他们主张废弃。他们以为此刻我爱某人，就和伊爱，到两方不生爱情的时候，就可以分开，这才是自由恋爱。他们既然如此主张了，当然没有什么贞操不贞操的问题。

至于主张要贞操的一派，对于这自由恋爱的理论多半是不承认，是不用说的；他们在这一点上虽然似乎主张一致，态度相同，但在别一点上，彼此就有绝大的反对思想。这一点就是关于贞操的本质，贞操是什么东西的争论。因为主张要贞操的人们也都觉得旧有的贞操观念万万要不得，非创一个新的不可。要创一个新的，自然先要弄清楚：什么是贞操？各人的见解也就不能相同起来。拿粗的说，也可说有两小派。一以为贞操是一种信仰；一以为贞操是一种义务。主张义务说者以为贞操也是道德中的一部分，人们一定要履行的义务；为什么定要履行呢？他们也说不出充分的理由，不过根据了"有这个绊索然后男女关系是稳定了合理了"这不健全的理想来的。他们显然是觉得现在人类是脆弱的，不完全的，常常轶出正理之外，受欲望支配的，所以想处处用起人为的绳子来，逼人类上轨道。这见解对不对，这办法是否恰当，我不愿多说，我现在要说的，就是这样硬性而且皮相的办法，有时是要闹乱子的，就是有流弊的。因为我不相信男女相与就只是简单的物质的关系。他们又有替这办法想出路的，便主张一方制定了极自由的离婚法，以便和缓贞操义务观的硬性。这也是不对的。因为既可极端自由离婚，实际上贞操还成义务么？所以觉得义务说的漏洞非常之多。信仰说者以为贞操只可当它一种信仰，听人自由；这一说显然不把贞操算作道德的一部分，因为若算做道德的一部分，是必须强人履行的。但男女间所以要有贞操问题，起源就的确含有定要履行的意思。信仰说者避开这一层来说，已是根本的文不对题，所以究竟也难满人意。

我的意见以为若要决定贞操究竟应有不应有，先须研究恋爱的性质。男女恋爱的关系，究竟仅是肉体的物质的呢，还是灵魂的精神的？我们固然不便跟了那些空想的神秘诗人那样的说法，决定男女的恋爱完全是属于灵的精神的东西，和肉体一毫无涉，但我们却也觉得男女的恋爱，真正的恋爱，至少应有精神的结合。我们固然也否认那主张精神恋爱，以为肉体接触完全是兽性的可丑的，这些不近人情的偏论；但我们却也承认男女间恋爱的关系确是由肉体的而进化到灵魂的。所谓恋爱，一定是灵肉一致的。仅有肉的结合而没有灵的结合，这不是恋爱。但对于那以恋爱必先由精神而及肉体的说头，却也不能赞成。因为这与恋爱进化方式不符！恋爱的进化方式，显然是由肉体的而进于灵魂的，个人的恋爱当然不能作为例外。若说男女交游，先有精神的恋爱，后有肉体的，这是误以普通的友爱看作男女间的恋爱了！因为无论哪个民族，男性在看待女性的时候，总凭一种神秘的感想，他们往往不能自忘是男是女；因为这一层异常心理状态所牵引，极普通的友谊的交情便被视为恋爱了。其实这是错的呵！

既认恋爱是灵肉两方一致的，贞操便不成问题。因为贞操之能表见者，只是肉体的，不是灵魂的。真能有灵肉一致恋爱的人们，不用贞操两个字做束缚，自然能够履行贞操之实。否则，随你怎样的贞操论，还都是掩耳盗铃罢了。况且既认恋爱为灵肉一致的，则灵肉不一致的，当然不能算它是恋爱。既已不成为恋爱，更如何配得上讲贞操？所以贞操与恋爱的关系，一而二，二而一，并不分彼此。有恋爱时，贞操不守自在；无恋爱了，虽有贞操以为制裁，然而这种灵肉导致的恋爱，在我看来，双方都是不贞已极的。主张男女间非有贞操不可的，真是掩耳盗铃，自欺之至呵！

现代女子的苦闷问题

世上万事不能两全，又好又不吃草的马儿是没有的。人是理性的动物，所以遇到万难兼顾的事就会依理性的评判，择取其最合理的一者。

孟子说："鱼，我所欲也。熊掌，亦我所欲也。二者不可得兼，舍鱼而取熊掌者也。"这种选择，是平常人的理性所优为的；因为鱼常有而熊掌罕得。但是孟子又说："生，亦我所欲也。义，亦我所欲也。二者不可得兼，舍生而取义者也。"这却便不是平常人的理性所容易取择了；因为生与义孰善，比较起鱼与熊掌之孰善来，要复杂得多，并且关系亦太大了。必然是彻底了解生之意义与义之意义的人，然后能于二者间取合理的选择。

所以遇到像这一类的选择时，问题是在选择者对于面前的二物的意义是否有彻底的了解。换言之，即对于二者的轻重缓急是非应有彻底的了解。

对于我们目前的问题（即现代女子应该抛弃了为妻为母的责任而专心研究学问改造社会呢？还是不妨把学问和社会事业暂时置为缓图而注重良妻贤母的责任？）而欲得一个解答，自然也非先将二者的轻重缓急有一个彻底的了解不可！

可是这个问题并不简单。有大理由可说为妻为母的责任是神圣的极重要的；但是又有同样的大理由说攻究学问改造社会的责任是神圣的极重要的。正如公说公有理，婆说婆有理，两边都是有理的。我觉得凡事一套进理论的圈子，凭空地数起理来，每每是话语愈说愈多，而解决终于不得。我们自然不能完全看轻理论方面，可是也不可忘却事实。凭你理论上千真万确，而事实上不容许时，却就等于白说。特别是一个等待解决的问题决不能专守着理论而不问事实。结果使这问题陷于不解决的解决。

因此，我们对于本问题的正当态度应该是姑且撇开理论而问事实。换言之，即对于主张女子当尽为妻为母之责的议论，我们可以姑且承认，可是同时要问问事实上能不能？对于主张女子应该加入社会运动的，也取同样的态度。如果事实上现代女子确不能——即有种种外界的阻碍使她们不能实现理想的为妻为母的责任，则我们的理论家的大道理实在只等于废话，而应该让有作有为的女子试试别条出路！

我是觉得并且确信现代的女子是不能安心，或被环境容许，尽理想的为妻为母的责任的。请简单地申述我的意见如下。

我们先要注意：我们讨论的前提是"理想的"为妻为母的责任，而不是平平常常的为妻为母的责任！此所谓理想的为妻为母的责任，即是夏丏尊先生本刊第七期上《闻歌有感》一文中所说的，今引其大意如下：

几年来妇女解放论者只是对于外部的制度下攻击，不从妇女自己的态度上谋改变，所以总是不十分有效。所谓"妇女自己的态度上谋改变"，即是要女性自己觉到自己的地位并不劣于男性，且重要于男性，为妻为母是神圣光荣的事，不是奴隶的役使；你们既忙了，不要再因忙反屈辱了自己，要在这忙里发挥自己，实现自己，显出自己的优越，使国家社会及你们对手的男性，在这忙里认识你们的价值，承认你们的地位。

使国家社会及你们对手的男性，在这忙里认识你们的价值，承认你们的地位；在为妻为母的忙里发挥自己，实现自己。这是丏尊先生的警句，也可以说这是丏尊先生所认为解放妇女的途径！在纯粹理论上，我不反对丏尊先生此论，可是事实上，国家社会及对手的男性即使会从女性为妻为母的"忙"里认识她们的价值，然而未必肯承认她们的地位；正如资本家虽然从劳动者的血汗上认识劳动者的价值，然而何尝肯承认劳动者的地位。

再退一步，我们不管国家社会及男性对于女性"忙"的价值及承认之如何，而再看女性是否能从为妻为母的"忙"里发挥自己，实现自己。我们自然先承认能够发挥女性自己实现女性自己的忙，不是无意识的千古相传的女性的为妻为母的"忙"，而是另一境界的近乎爱伦凯的母性主义的理想之所谓忙了。那么，事实上我们的为妻为母的女性还只是忙着些平凡的"忙"，而不是理想的忙，并且环境上决不容许有作有为的女性实现了若干理想的为妻为母的忙！如果一个有作有为的女性，想在她的为妻为母的职权范围内做一点理想的忙，那么，旧礼教，旧习惯，一切的法律，甚至政治势力，军警武力，都会干涉到她身上了！这也是无足怪的。因为旧礼教，压迫女性的魔鬼以及拥护此魔鬼之一切法律，武力，都只承认旧有的为妻为母的忙，而这旧有的为妻为母之忙，正是女性的锁链；这在旧有的为妻为母的忙里，女性决不能发挥自己，实现自己！

所以真正要使女性能在为妻为母的忙里发挥自己，实现自己，不处奴隶的地位，重要的前提还是改革环境！结论于是就落到女性的一面为要求自身利益而奋斗，一面为改造环境而与同调的男性做政治运动了！

事实的铁掌打破了理想的花园。我们有一句老话："理想为事实之母。"但是这里我们却看见一条颠扑不破的铁规："事实不容许时，理想只是一句废话！"所以现代女子苦闷的生路是根据了目前的事实取她们应该做而且不得不做的行动！

"自杀"与"被杀"

今天读了本刊所载郁达夫的《说死以及自杀情死之类》，就想起了我在日本报上所见他们日本人的自杀事件来。那是三年以前罢，我在日本京都看见大阪《每日新闻》上登载了一段惊人的自杀事件。死者是一个有家室有财产的人，不为恋爱失败，也不为投机破产，徒因身体有病，自觉得再不能活泼泼地做一个健康的人了，他就取了自杀这一手段。先杀了妻和一子一女（妻的被杀大概是同意的），这位身患痼疾者就锁了家门，到银行里提取了一部分的存款，漫游了一个月，然后再打电话给他的在东京外务省当差的哥哥，说明了他全家的"惨剧"，于是他自己也就自刎在妻和儿女的尸边。

这是一种变态心理的自杀，然而在变态心理的背后，我们却看见一个健康的心在那里跳跃：这就是对于人生态度的严肃认真，丝毫不肯苟且！既然不能活泼泼地做一个健康的人，既然不能克尽健康的人们应尽的义务了，那就不如自杀了罢！——是这样可感的不肯虚度浮生的意志驱使这位有家室有财产的痼疾者走上了自杀这条路！

我是诅咒自杀的。然而对于这位痼疾者的自杀，我却只有感动了！难道我们能够非议这样严肃的人生态度么？假使他没有那不可医的痼疾，那他一定是非常勇敢的生活斗争的战士罢？假使一个民族有那样严肃的人生态度，这民族一定是不可侮的罢？

有这种严肃认真的人生态度的，也不仅是日本民族；我不过随手举了一个日本人的例。并且我们也不可以误会日本帝国主义的蛮横的武力侵略就和日本人民此种严肃的人生态度有什么因果关系。不是的！那完全是两件事！但是反过来说，没有此种严肃的人生态度的国民，却不免要弄成受人侵略而不敢抵抗，常常呼号国耻而只有五分钟的热度。我们社会内号称中坚分子的一般中等阶级就是最缺乏那样严肃认真的人生态度！所以复兴闸北灾区的资金要用奖券的方法来募集，所以救济东北难民要开游艺会，要用电影明星舞女名妓来号召！所以在冰天雪地中对日本帝国主义抵抗的，只有向来被贱视的穷苦老百姓了！

严肃认真，丝毫不肯苟安的人生态度！不能够堂堂地做一个于社会于人类有用的人，那还不如死了罢！不能够堂堂地过合理的人的生活，那还不如拼了命罢！这应该是我们的旗帜，我们的信条！

因为醉生梦死的人即使他不肯"自杀"，迟早要"被杀"！

欢迎古物

　　自从日本帝国主义的大炮在四小时内打下了"天下第一雄关"以后，大人先生们就挂念着北平文化城里的古物。现在好了，平津尚未陷落，而古物已经装箱待运：据说共装三千大木箱，须得四列车方能运走：那么，万一不远的将来平津失守，而古物无恙，大人先生们庶可告无罪于列祖列宗。

　　古物虽有三千箱之多，但到底只有三千箱，四列车也便运了走。比不得平津的地皮是没有法子运走的。至于平津的老百姓——几百万的老百姓，更偏犯不着替他们打算，他们自己有腿！

　　况且就价值而言，也是老百姓可憎而古物可贵。不见洋大人撰述的许多讲到中华古国的书么？他们嘲笑猪一样的中华老百姓，却赞赏世界无比的中华古物呢！如果为了不值钱的老百姓而丢失了值钱的古物，岂不被洋大人所叹，而且要腾笑国际？于此，我们老百姓不能不感谢大人先生们尽瘁国事的苦心！

　　然而别有心肠的日本帝国主义似乎并不因为北平古物已走而就此放手。他们正在急急忙忙增兵到热河边境。我们用火车运古物，他们用火车运兵！平津的老百姓眼见古物车南下却不见兵车北上，而又听得日军步步逼进，他们那被迫无告的眼泪只好往肚子里吞。

可惜洋鬼子的机械文明尚未臻万能之境。不然，用一架硕大的起重机把中华古国所有的国宝，例如北平的三海大内，曲阜的孔林，南京的孙陵之类，一起都吊上喜马拉雅山的最高峰去，让大人先生们安安稳稳守在那里"长期抵抗"，岂不是旷世之奇勋！

不过目前已经有四列车的古物待运，实在也是了不起的荩谋了，老百姓感激涕零之余，应该高呼三声：古物万岁！

《娜拉》的纠纷

南京有一位小学教师王光珍女士，因为在磨风社公演的《娜拉》新剧中担任了女主角娜拉，就被学校当局解除了职务。同时还有三位女学生也因为同样的"罪名"或被开除，或被记过。其中有一位只得十四岁，是南京女中的学生，学校当局开除她的理由是"行为浪漫"。

这件事发生后，就引起了许多批评，自然都是"仗义"的正论了，然而到现在为止，解职者依然未曾复职，开除者也未能重返校门。

在这年头儿，"娜拉"也会惹祸，似乎是不可思议的事情；然而从另一方面看来，"娜拉"在今日的中国也还是危险分子，因为她胆敢反对传统的为妻为母的责任。

十多年前，《娜拉》剧本介绍到中国来的时候，我们的社会上没有妇女的地位；十年以后的今日，我们看见凡是公共的场所已经到处有妇女，而且少不了妇女，我们看见女子不但做律师，做记者，而且做官，而且警察也有女子。十多年的时光，似乎已经使得妇女的社会地位大不相同。然而这是表面的变化。这不过是传统地要靠男子养活的妇女现在也能够自己养自己，或者反过来倒能养活男子而已。在这范围之内，"娜拉"是决不会闯祸的。如果想跨出这范围一步，妇女们想在家庭关系中建立起"独立的地位"，一想使得自己是一个"独立的人"而不是附属

于男子的女人，那她就被视为危险分子了。这是十多年来始终如一的
"真实"，并不是今年特别"复古"。

从前妇女问题初初喧腾于口头的时候，许多人都说妇女的社会地位
的真正提高须待妇女们有了独立生活的时候，所谓独立生活，自然指自
食其力，不必依靠男子。那时候有些"新女子"开口一个"经济问题是
妇女问题的中心"，闭口一个"妇女问题就是经济问题"。她们大抵是太
太小姐，她们那时好像并没知道有些——而且许多够不上太太小姐身份
的妇女不但自食其力而且还要养活丈夫，然而她们何尝有"地位"。现
在似乎更加弄得明白些了，单单是不靠男子来养活，还不够提高妇女的
社会地位，还有比纯粹的经济问题更中心的问题在那边呢！演几次《娜
拉》，不会就将那更中心的问题解决了的。何况那出走的"娜拉"实在
自己也不明白跑出了那"傀儡家庭"以后应该到哪里去。不过现在的兴
中门小学校长之类委实是神经太衰弱，见了一点点就会大惊小怪，所
以扮演"娜拉"的王光珍女士还是敲破了饭碗，而其他三位女士受了
开除。

于是乎应该不会惹祸的"娜拉"在民国二十四年的开头就惹了一
次祸。校长之类即使拿出"行为浪漫"的理由来做口实，然而他这"浪
漫"二字的意义跟普通所谓"浪漫"是不同的。"浪漫"的，并不是危
险。一般的社会意识以及分有此意识的校长之类，何尝会那样糊涂呢！
君不见浪漫的交际花自由自在真天真！

不是恐怖手段所能慑伏的

近来每天清晨便听得敌人的飞机在屋顶的上空嗡嗡地回旋。我准知道这样回旋的，是敌人的飞机。因为这里离战区起远，而且是属于英军防守区域的，而且尊重"租界安全"的我国的空军听说早已避免飞行在租界上空了；而嗡嗡地回旋者则是侦察或伺隙一击，这在既离战区颇远而又属于租界上空的此地，当然不会是我国的空军。

事实证明我这推想并没错，嗡嗡地几圈以后就惨厉地像受伤之狗叫起来——这是敌人的飞机自以为觅得了目标疾如鹰隼地向下急降；接着，轰的一声炸弹。

听炸声，知道是在西方——也许是真如一带罢。后来看晚报果然是真如无线电台受了点损失，暨南大学的校舍遭了灾。

哼！敌人的堂堂的空军原来只向没有武装的交通机关和文化机关施威么！

我这里门前常有乡下人种了青菜来卖。他们大都来自真如一带。我偶然和他们闲谈。我知道他们这些青菜正是每天清晨在敌人飞机追逐威胁之下一直挑负了来的，这样的青菜，本来值十文钱的，就是卖二十文，也不算多吧？然而他们并不肯抬价。

"日本飞机天天来轰炸，不怕么？"我冒冒失失问了。

可是那些紫铜色的脸儿却笑了笑回答：

"怕么？要怕的话，就不能做乡下人了！"

呵呵！这是多么隽永的一句话！我于是更觉得敌人这种"威胁后方"的飞机战略不但卑劣而且无聊。

前昨两天敌人飞机照例的"早课"更做得俨然了。这两天秋老虎又颇厉害，我要写点文章多半是趁早凉时间。心神一有所注嗡嗡声或轰轰声都听而不见了。然而我开始觉得敌人这种卑劣的战略妨碍了我的工作了。我那间卧室兼书室的天花板曾经粉刷过，大概那位粉刷匠用了不行的东洋货吧，只两年工夫，那一层粉便像风干的橘子皮似的皱缩起来，上次风暴，忘记关了一扇窗——仅仅一扇，天花板上那白粉竟像雪片似的掉下来；此番，趁早凉我正在写作，那雪片样的东西忽又连续而下，原稿纸上都洒满了。我不得不停笔，抬头朝上看，而恰在此时照例的轰轰似乎比以前近些，房子也有点震动，呸！原来那白粉作雪花舞，也是敌人飞机作的怪！听声音又在西方，或许偏北。我拂去了纸上的粉屑，陡然又想起几天前那几位真如来的农民回答我的那一句掷地作金石声的名言，我忍不住微笑了。对于敌人飞机此种徒然的而又无聊的威胁或破坏手段，我老老实实引不起正常的愤怒或憎恨，只能作轻蔑的微笑，我相信敌人中间的所谓"支那通"一辈子也不会了解大中华民族的农民的虽似麻木然而坚凝的性质！

可是待到我知道这回是敌人空军在北新泾等处轰炸徒手的民众而且连续轰炸至数小时之久，我的血便沸腾了！世界上会有这样卑劣无耻的军人么？

当然，他们这卑劣无耻的举动有其目的：想要在我们后方民众中间撒布恐怖，动摇人心。但是农民子孙的我敢于回答道：不能——绝对不能！中国农民的神经诚然有些迟钝，然而血，血淋淋的屠杀，可正是刺激他们奋起而坚决了复仇的意志！"民不畏死奈何以死惧之"，这是我们古代哲人的金言。中国民众决不是什么恐怖手段所能吓倒的！敌人以为轰毁了几个乡镇，就能动摇我们民众的抵抗的决心么？

那是梦想！中国农民诚然富于保守性的多，诚然感觉是迟钝的；一个老实的农民当他还有一间破屋可蔽风雨，三餐薄粥可喂饿肚子的时候，诚然是恋家惜命的，但当他什么都没有了时，他会像一头发怒的狮子一样勇敢！中国民族绝不是暴力所能慑伏的！

中国民众所受的政治训练诚然还不大够，但是敌人的疯狂的轰炸屠杀恰就加强了我们民众的政治意识。

现在敌人的飞机天天在我们各地的和平的城镇施行海盗式的袭击。这是撒布恐怖么？不错，诚然有一点是恐怖的，但恐怖之心只是一刹那，在这以后是加倍的决心和更深刻的认识，认识了侵略者的疯狂和残酷，决心拼性命来保卫祖国！

1937 年 9 月 6 日。

雨天杂写之一

偶然想起些旧事，倒还值得回味一下。例如抗战发生以前，有人推想一旦反抗侵略的民族解放战争爆发了，文艺之神大概要暂时躲进冷宫，为什么？为的是中华民族的反抗侵略和自由解放的战争，一定是拼死命的极其残酷的斗争。一切都为了战争，而战时生活当然又不稳定，文艺之类似乎是生活相当稳定时的产品，所以在战时不但作者意兴阑珊，恐怕读者亦无此雅兴，何况还有物质的困难，如印刷条件缺乏⋯⋯

当时对于这论点，我曾盛气驳之。所举理由，在彼时亦并未超乎常识以上，在今天更已成为平凡的现实，此处相应从略。这位可敬的论者，在"七七"以后便投身于最艰苦的斗争中了，亲身的经验当已确认即使在被封锁的、文化落后的、天天有战争的区域，文化运动还是需要，而且比那些较为平静而熙攘于战时景气，竞夸"繁荣"的后方都市更为迫切地需要，文艺呢，在那些山坳子里本来玉趾罕见，可是倒随同硝烟血腥而发展，而且真正为大众所需要所享受。我又想起人家告诉我的关于他的一件"轶事"：抗战那年他在某处，适逢鲁迅先生逝世纪念，在一个庄严的纪念会中，他要求说话，可是他登台以后只说了这么一句："大家以为鲁迅所指斥的奴隶总管就是我，其实不是！"不知怎的，这个"轶事"给我印象很深，同时他的印象在我脑中亦为之一新；我想凡在当时文坛有过牵惹的，或许与我有同感。正像告我以此"轶事"的我们的那位女作家在述说以后莞尔曰：怪有意思。

这位先生在抗战以后未尝一至大后方，而且大后方的所谓文化动态，他那边的山坳子里亦未必知之甚详。最多知道作家们有苦闷。如果一旦到大后方来一看，不知他又有何种感想。但在我呢，把当年我驳他的议论和当前现实一比较，却不能不苦笑，现实太复杂，多变幻，我们对于这社会的认识，深广都不够得很。一时管窥蠡测，虽在原则上道着几分，然而何曾能洞见转折曲复？今天桂林的文化市场，不为不热闹，然而对于开风气，励节操，到底起了何等的作用？据说能销的还推文艺作品，随随便便一本书销五千不成问题，可是这五千的读者究竟以怎样的心情去读这本书，而读后他的意识又起了怎样的波动呵？我们当然可以有乐观的说法。不过如果不是忘形自满的浅薄者，决不能一味乐观。我们的确维持了一个文化市场，弄得相当热闹，但是我们何尝揭露了读者心灵上的一层膜，而给予他以震撼的满足？甚至为了维持这文化市场，大多数作者连进修也顾不得了，意志不坚定的人且复沾沾自足，自谓左右逢源，颇有办法。至于在生活的重担下喘不过起来的作家，要责他以潜心精进，自然不近人情，但在今天这种委蛇的文化空气中，恐怕连这一点感觉也会渐渐麻木。

不能不说今天的毛病是亢阳内亏，只看哲学与社会科学书籍销路之不振，便可以知道。在这里，我又想起了听来的两个小故事：有一位写国际政治论文的先生，一天有一个青年见他书架上并没有一本哲学和社会科学的书，便问他对此两门学术的意见，他回答道："写国际政治论文，只要有材料便行了。"又有一位从头到尾读过《鲁迅全集》的先生有一天欣然自得对人说："我发现了一件事，鲁迅不谈哲学，也不喜欢哲学。"人家叩问他"发现"之证。他夷然曰："你看他一部全集里简直找不出什么偶然性、必然性、矛盾律、矛盾的统一等等哲学名词，这不是明证么？"自然，我们不能据此以论全般的文化界，深思好学之士，一定还有不少，但在今日文化市场中，深思好学之士恐无回旋之余地，这一种颓风，其严重性，与自外面加的桎梏，恐怕不相上下。

我们曾经对于只知道生吞活剥硬用哲学名词，或以为唯名词方见哲学的错误倾向，加以批判，但在今天这种不懂哲学，而又鄙视哲学的潜在倾向之下，不能不发愤激之论，以为前者犹胜于后者！

1942 年 6 月 24 日。

雨天杂写之二

孟超先生喜欢写些历史题材的小说。他现在编一本期刊，要我写一点稿去。可是写什么好呢？……

但孟夫子的嘱托，又不能不承应。二十年前这一个山东小伙子，如今的苍老和他的年龄颇不相称，但可喜者，脾气还不曾跟着老，依然是二十年前山东小伙子。粗疏莽撞犹昔，但鲁直热情也还如旧；这在我看起他的作品来，颇觉得文如其人。这一点本色是可喜的，在此"心画心声总失真"视为故常的时期。而于无写处中觅可写之物，我也讲讲历史如何？

前些时候，有人喜欢读《战国》，议论奥妙，自非尼采式以上的"超人"不能发，亦不能领悟，我想：我们历史上的战国，怕不能照他们的心愿而变质改形。乃至他们所发现的今日的"战国"，怕亦不能照他们的心愿而进行。但此亦何可深论，还是来谈常识范围的历史。我也是对于历史上的"战国时代"曾经发生过兴趣的人。试想一想：杨墨与孔争有天下，惹得孟夫子屡次大声疾呼，发极之态，情见乎辞；稷下先生们分庭讲学，"最好老师"的荀况亦未能收统制之效，须待后来弟子李斯借秦政权而始实现之；此种思想上的决荡斗争，可喜现象之一便是并未产生妥协调和。社会发展的不平衡，是当时一件可注意的事：临淄那样的都市，拥有七万户，倘以八口之家计算，人口比今天的桂林还多，然而许行之辈还照行神农之教，可知原始生产方式依然保有"面"的广度。但就大势所趋而言，此时的社会经济，变化发展是走的上坡路，从这些点上，我觉得对于战国时代特别有兴趣，未必全由于怀古，常记中国数千年的历史，有可能成为大转捩期之时代二，其一即战国时代，秦是承继了这发展趋势的，李斯未必是开倒车的角色，但秦的民族政策产生了经济政策错误的副作用，及至汉朝厉行抑制商业资本的政策，遂使社会经济发展陷于停滞。亭长起家的汉朝，十足做了封建贵族的忠诚的保护人。又一时代便是永嘉以后南北纷乱时期。那时也有思想上的斗争：佛，道，孔。但那时的社会经济走的是下坡路，故居然有均田制，而均田制的目的还在挽救没落的封建贵族，此在封建贵族不能不说是妥协，正如三教相争结果产生奇怪的调和论。写到这里，忽见报载胡适博士在美国"三十八州州长会议"上发表演说，说"中国在二千三百年以前，即已废除封建制度"，这正和桂林《大公报》曾经两次告诫读者，说香港侨胞饮茶之风，寻于晋朝的清谈，而"清谈误国"，则"古有明训"云云，都是叫人看了啼笑皆非。虽然，《大公报》的记者何足深论，而且，即使该报于痛斥当今刊物亦颇"清谈"之时，"小公园"¹内尚登载颇难决定其为"清谈"抑"浊谈"的文字，言行本难一致亦何必深论；独惜有历史癖考据癖的胡博士而把分土的封建制与一般所指政治上与经济上的封建制度混为一谈，从知名实之间，辨析正亦不易耳。

　　1942 年 6 月 25 日。

1　指《大公报》副刊。

雨天杂写之三

报载希特勒要法国献出拿翁[1]当年侵俄时的一切文件。在此欧非两战场烽火告急的时候，这一个插科式的消息，别人读了做何感想，自不必悬猜，而在我看来，这倒是短短一篇杂文的资料。大凡一个人忽然想到要读一些特别的东西，或对于某些东西忽然厌恶，其动机有时虽颇复杂，有时实在也单纯得可笑。譬如阿Q，自己知道他那牛山濯濯的癞痢头是一桩缺陷，因而不愿被人提起，由讳癞痢，遂讳"亮"，复由讳"亮"，连人家说到保险灯时，他也要生气。幸而阿Q不过是阿Q，否则，他大概要禁止人家用保险灯，或甚至要使人世间没有"亮"罢？倘据此以类推，则希特勒之攫取拿翁侵俄文件，大概是失败的预感已颇浓烈，故厌闻历史上这一幕"英雄失败"的旧事，因厌闻，故遂要并此文件而消灭之——虽则他拿了那些文件以后的第二动作尚无"报道"，但不愿这些文件留在他所奴役的法国人手中，却是现在已经由他自己宣告了的。

但是希特勒今天有权力勒令法国交出拿翁侵俄的文件，却没有方

1　指拿破仑。

法把这个历史从法国人记忆中抹去。爱自由的法兰西人还是要把这个历史的教训反复记诵而得出了希特勒终必失败的结论的。不能禁止人家思索，不能消灭人家的记忆，又不能使人必这样想而不那样想，这原是千古专制君王的大不如意事；希特勒的刀锯虽利，戈培尔之辈的麻醉欺骗造谣污蔑的功夫虽复出神入化，然而在这一点上，暂时还未能称心如意。

我不知轴心国家及受其奴役的欧洲各国的报纸上，是否也刊出了这一段新闻，如果也有，这岂不是一个绝妙的讽刺？正如在去年希特勒侵苏之初，倘若贝当之类恭恭敬敬献上了拿翁的文件，便将成为堪付史馆纪录的妙事。如果真那么干了，那我倒觉得贝当还有百分之一可取，但贝当之类终于是贝当，故必待希特勒自己去要去。

历史上有一些人，每每喜以前代的大人物自喻。欧洲历史上第一次出现了一个大野心家亚历山大，后来恺撒就一心要比他。而拿破仑呢，又思步恺撒的遗规。从拿翁手里掉下来的马鞭子，实在早已朽腐不堪，可是还有一个蹩脚的学画不成的希特勒，硬要再演一次命定的悲喜剧。亚历山大的雄图，到恺撒手里已经缩小，但若谓亚历山大的射手曾经将古希腊的文化带给了当时欧亚非的半开化部落，则恺撒的骁骑至少也曾使不列颠岛上的野蛮人沐浴了古罗马文化的荣光。便是那位又把恺撒的雄图缩小了的拿翁罢，他的个人野心是被莫斯科的大火，欧俄的冰雪，烧的烧光，冻的冻僵了，虽然和亚历山大、恺撒相比，他十足是个失败的英雄，但是他的禁卫军又何尝不将法兰西人民的自由、平等、博爱的精神，法兰西大革命的理想，带给了当时尚在封建领主压迫下的欧洲人民？"拿破仑的风暴"固然有破坏性，然而，若论历史上的功罪，则当时欧洲的自中世纪传来的封建大垃圾堆，不也亏有这"拿破仑的风暴"而被摧毁荡涤了么？即以拿翁个人的作为而言，他的《拿破仑法典》成为后来欧陆"民法"的基础，他在侵俄行程中还留心着巴黎的文化活动，他在莫斯科逗留了一星期，然而即在此短暂的时间，他也曾奠定了法兰西戏院的始基，这一个戏院的规模又成为欧陆其他戏院的范本。拿破仑以"共和国"的炮兵队长起家，而以帝制告终，他这一生，我们并不赞许——不，宁以为他这一生足使后来的神奸巨猾知所炯戒，然而我们也不能抹煞他的失败了的雄图，曾在欧洲历史上起了前进的作用；无论他主观企图如何，客观上他没有使历史的车轮倒退，而且是推它前进一步。拿破仑是失败了，但不失为一个英雄！

从这上头看来，希特勒连拿翁脚底的泥也不如。希特勒的失败是注定了的，然而他的不是英雄，也已经注定。他的装甲师团，横扫了欧洲十四国，然而他带给欧洲人民的，是些什么？是中世纪的黑暗，是瘟疫性的破坏，是梅毒一般的道德堕落！他的猪爪践踏了苏维埃白俄罗斯与乌克兰的花园，他所得的是什么？是日耳曼人千万的白骨与更多的孤儿寡妇！他的失败是注定了的，而他的根本不配成为"失败的英雄"不也是已经注定了么？而现在，他又要法国献出拿翁侵俄的文件，如果拿翁地下有知，一定要以杖叩其胫曰："这小子太混账了！"

前些时候，有一个机会去游览了兴安的秦堤。这一个二千年前的工程，在今日看来，似亦没有什么了不起，但在二千年前，有这样的创意（把南北分流的二条水在发源处沟通起来），已属不凡，而终能成功，尤为不易。朋友说四川的都江堰，比这伟大得多，成都平原赖此而富庶，而都江堰也是秦朝的工程。秦朝去我们太久远了，读历史也不怎么明了，然而这一点水利工程却令我"发思古之幽情"。秦始与汉武并称，而今褒汉武而贬秦始，这已是听烂了的老调，但是平心论之，秦始皇未尝不替中华民族做了几桩不朽的大事，而秦堤与都江堰尚属其中的小之又小者耳！且不说"同文书"为一件大事，即以典章法制而言，汉亦不能不"因"秦制。焚书坑儒之说，实际如何，难以究诘，但博士官保存且研究战国各派学术思想，却也是事实。秦始与汉武同样施行了一种文化思想的统制政策，秦之博士官虽已非复战国时代公开讲学如齐稷下之故事，但各派学术却一视同仁，可以在"中央的研究机关"中得一苟延喘息的机会。汉武却连这一点机会也不给了，而且定儒家为一尊，根本就不许人家另有所研究。从这一点说来，我虽不喜李斯，却尤其憎恶董仲舒！李斯尚不失为一懂得时代趋向的法家，董仲舒却是一个儒冠儒服的方士！然而"东门黄犬"，学李斯的人是没有了，想学董仲舒的，却至今不绝，这也是值得玩味的事。我有个未成熟的意见，以为秦始和汉武之世，中国社会经济都具备了前进一步、开展一个新纪元的条件，然而都被这两位"雄才大略"的君主所破坏；不过前者尚属无意，后者却是有计划的。秦在战国后期商业资本发展的基础上统一了天下，故分土制之取消，实为适应当时经济发展的趋向，然而秦以西北一民族而征服了诸夏与荆楚，为子孙万世之业计，却采取了"大秦主义"的民族政策，把六国的"富豪"迁徙到关内，就为的要巩固"中央"的经济基础，但是同时就把各地的经济中心破坏了。结果，六国之后，仍可利用农民起义而共覆秦廷，而在战国末期颇见发展的商业资本势力却受了摧残。秦始皇并未采取什么抑制商人的行动，但客观上他还是破坏了商业资本的发展的。

汉朝一开始就厉行"商贾之禁"。但是"太平"日子久了，商业资本还是要抬头的。到了武帝的时候，盐铁大贾居然拥有原料、生产工具与运输工具，俨然具有资产阶级的雏形。当时封建贵族感的威胁之严重，自不难想象。只看当时那些诸王列侯，在"豪侈"上据说尚相形见绌，就可以知道了。然而"平准""均输"制度，虽对老百姓并无好处，对于商人阶级实为一种压迫，盐铁国营政策更动摇了商人阶级中的巨头。及至"算缗钱",一时商人破产者数十万户,蓬蓬勃勃的商业资本势力遂一蹶而不振。这时候,董仲舒的孔门哲学也"创造"完成,奠定了"思想"一尊的局面。

所以,从历史的进程看来,秦皇与汉武之优劣,正亦未可作品相之论罢?但这,只是论及历史上的功过。如在今世,则秦始和汉武那一套,同样不是我们所需要,正如拿破仑虽较希特勒为英雄,而拿破仑的鬼魂却永远不能复活了。

1942 年 6 月 27 日。

我的学化学的朋友

前年冬天，偶然碰到了阔别十年的老朋友K。几句寒暄以后，K就很感触似的说：

"这十年工夫，中国真变得快！"

"哦——"

我含糊应了一声，心里以为K这"中国真变得快"的议论大概是很用心看了几天报纸的结果。他那时新回中国。他在外国十年，从没看过中国报纸——不，应该说他从来不看报，无论中外。他是研习化学的，试验管和显微镜是他整个的生命，整个的世界！

K看了我一眼，慢慢地吸着"白金龙"，又慢慢地喷出烟气来，然后慢慢地摇着头，申述他的感想——或者可说是印象：

"船到杨树浦，还不觉得什么异样；坐了接客小轮到铜人码头上岸，可就不同了！我出国的时候，这一带还没有七八层高的摩天楼。嗳，我是说那座'沙逊房子'，可不是从前还没有？——第二天，亲戚世交都来了帖子请吃饭；看看那些酒馆的店号，自然陌生，那马路的名字倒还面熟——×路，你记得的罢？民国九年，密司W逃婚逃到了上海，就住在×路的一个旅馆里，你和我都去看望过她。那时候，我们都是热腾腾的'五四青年'，密司W的逃婚我们是百分之百拥护的——这些事，现在想来，我自己总要笑，但 × 马路却永远不能忘记了。在外国十年，只有这条马路我记得明明白白！可是今回我就闹了一个笑话。车夫拉到了 × 马路，我还不知道；我看见车夫停下车来，我就板起面孔喊他：'怎么半路里停下来了？我是老上海，你不要乱敲竹杠！'……"

"哈哈哈哈！"

我忍不住大笑。

K 也微微一笑，但是立刻又皱了眉头，接下去——

"当真，上海许多马路变到不认识了！后来，我一天一天怕出门了。回国已半个月，今天还是第三次出门呢！"

"是不是怕像上次那样闹笑话？"

"不然，马路换了样，是小事。我觉得上海的人全都换了样。尤其是上海的女人，当真我看不惯！"

听得这么说，我又笑了。那时候上海女人的时装是长旗袍外面套一件短大衣，细而长的假眉毛，和一头蓬松松的长头发。这和 K 出国那时所见密司 W 她们的装束显然不同。我自以为懂得 K 的心情了，他那时很看重密司 W，不妨说，有几分恋爱她；想来那时候的密司 W 的装束也在 K 的心上留下了不可磨灭的印象罢？因此他觉得眼前的时装女人都"看不惯"罢？可是看见 K 一脸严肃的劲道，我不好意思开玩笑，我只随便回答着：

"噢噢，那个——但是，K，你以为现在女人的时髦装束不好看么？"

"嘿！哪里谈得到好看不好看呢！简直是怪！"

K 突然好像生气，大声叫了起来。于是，觉着我有点吃惊，他又放低了声浪，很悲哀似的接下去：

"老实告诉你，S，我觉得上海的女人简直是怪东西。说她们是外国人罢，她们可实在是中国人；说她们是中国人呢，哼！不像！我所记得的中国女人不是这样的！我不敢出来，就因为我看见了她们就感到不高兴，我好像到了陌生的地方，到了一个特别的国度！"

我睁大了眼睛，惊异到说不出话来。我想不到这位埋头在试验管和显微镜里的老朋友竟还有他个人的"哲学"。我看着 K 的脸，两道浓眉毛的紧皱纹表示了这位化学家的朴质的心正被化学以外的一些事苦恼着。我觉得应该多说几句话了，可是 K 又赶着先说道：

"譬如英国罢——假使你要说譬如德国或法国，都一样；从前我并没有英国朋友，也没多见英国人，但是英国人，我能够了解他们。我读过英国历史，读过英国人所作的一些小说，读过关于英国民族性的书籍，所以我到了英国并不感到陌生，我知道那些面生的人们的思想和性格——或者用我们从前一句老话，人生观！现在上海可就不同了。上海这地方，就好像是一个新国度，历史上从来没有的；上海的男男女女好像是一个新的人种，也是历史上从来没有的。从前我住在上海，并没有过这样的感觉，这次久别重来，我就分明感到了！我回到了故乡，可是我好像飘洋飘到了荒岛，什么都是异样的，我所不能了解的！""一点也不错，上海就是一个新国度。这个新国度，就是你出国后十年之内加速度造成的。你不看见租界和华界之间有许多铁门么？这就是'上海国'的界线！"

"唉！"

我的朋友叹一口气，手撑住了下巴，不作声了。过了一会儿，他自言自语地说：

"真糟糕！我是家在上海的。光景非在这个"国度"里做老百姓不可了，然而我是一个陌生人，这真糟糕！"

"但是，K，如果你住上半年，你就能够懂得上海人了。"

我的口气，一点不带玩笑，K 似乎很感动。他望了我一眼，性急地问道：

"有这一类的书么？最好是有书。你知道我是研究化学的，有机物或无机物，我都能够分析化验，但是碰到活活的人，我的拿手戏法就不中用了！我只能从书本子上去了解他们。"

"书是没有的。不过有法子。你先去读读《洋泾浜章程》，研究研究租界里的'华人教育'从前是怎样的，现在是怎样的；你还应该去考察考察上海有多少教堂，多少传道所，你要去听听牧师的传道；你要统计一下，上海有许多电影院，开映的是什么影片；你还要留心读读上海出版的西字报和华字报——这样下去半年，你自然会懂得上海人了。"

"太难，太难！"

K苦闷地摇着头说。

"那么还有一个办法：你不要一头钻在试验管和显微镜里，你大着胆子到处跑跑——上海女子的猩红的嘴唇不会咬你一口的；你混上半年，就很够了，不过到了那时候，你自己也成了上海人，也许你依然不懂得上海人是怎样一种'民族'，然而你一定不会感到陌生！"

我说着又忍不住哈哈笑了。我知道我的这位老朋友的脾气；第一条路他不肯走，第二条路他也不能走，他是一个"书毒头"（书呆子）！K似乎也明白我的笑声里的意义，他的左手摸着下巴，愕然睁大了眼睛，接着又摇了摇头，轻声说：

"大概乡下还是十年前的老样子罢？我应该说上海变得快，不是全中国，对不对？"

于是轮到我愕然张大了眼睛了。我真料不到K还是十年前的老脾气，抵死不看报纸。我拍着这位老朋友的肩膀，很诚恳地说："不错，K，你到乡下去住一下是很有益的！因为你那时就会知道乡下有些地方，有些人，也是你陌生的！那时你就知道中国境内不但有'上海国'，还有许多别的国！"

说到这里，我的老婆走了进来，我就不管K怎样鼓起了眼睛发怔，一把拉起他来，要他"凑一个搭子"打四圈麻将再说。

1933年8月。

我曾经穿过怎样的紧鞋子

我在小学校的时候，最喜欢绘画。教我们绘画的先生是一位六十多岁的国画家。他的专门本领是画"尊容"，我的曾祖的《行乐图》就是他画的，大家都说像得很。他教我们临摹《芥子园画谱》，于是我们都买了一部石印的《芥子园画谱》。他说："临完了一部《芥子园画谱》，不论是梅兰竹菊，山水，翎鸟，全有了门径。"

他从不自己动手画，他只批改我们的画稿；他认为不对的地方，就赏一红杠，大书"再临一次"。

后来进了中学校，那里的图画教师也是国画家，年纪也有点老了。不过他并不是"尊容专家"。他的教授法就不同了。他上课的时候在黑板上先画了一幅，一面画，一面叫我们跟着临摹；他说："画画儿最要紧的诀窍是用笔的先后，所以我要当场一笔一笔现画，要你们跟着一笔一笔现临；记好我落笔的先后哪！"有时他特别"卖力"，画好了那幅"示范"的画儿以后，还拣那中间的困难点出来，在黑板的一角另画一幅"放大"，好比影片中的"特写"。

这位先生真是又和气又热心，我到现在还想念他。不用说，他从前大概也曾在《芥子园画谱》之类用过苦功，但他居然不把《芥子园画谱》原封不动掷给我们，却换着花样来教我们，在那时候已经十分难得了。

然而那时候我对于绘画的热心比起小学校时代来，却差得多了。原因大概很多，而最大的原因是忙于看小说。课余的时间全部消费在旧小说上头，绘画不过在上课的时候应个景儿罢了。

国文教师称赞我的文思开展，但又不满意地说："有点小说调子，应该力戒！"这位国文教师是"孝廉公"，又是我的"父执"，他对于我好像很关切似的，他知道我的看小说是家里大人允许的，他就对我说："你的老人家这个主张，我就不以为然。看看小说，原也使得，小说中也有好文章，不过总得等到你的文章立定了格局，然后再看小说，就没有流弊了。"过一会儿，他又摸着下巴说："多读读《庄子》和韩文罢！"

我那时自然很尊重这位老师的意见，但是小学校时代专临《芥子园画谱》那样的滋味又回来了。从前临《芥子园画谱》的时候，开头个把月倒还兴味不差——先生只叫我临摹某一幅，而我却把那画谱从头到底看了一遍，"欣然若有所得"；后来一部画谱看厌了，先生还是指定了那几幅叫我"再临一次"。又一次，我就感到异常乏味了。而这位老画师的用意却也和那位"孝廉公"的国文教师一样：要我先立定了格局！《庄子》之类，自然远不及小说来得有趣，但假使当时有人指定了某小说要我读，而且一定要读到我"立定了格局"，我想我对于小说也要厌恶了罢？再者，多看了小说，就不知不觉间会沾上"小说调子"，但假使指定了要我去临摹某一部小说的"调子"，恐怕看小说也将成为苦事了罢？

不过从前的老先生就要人穿这样的"紧鞋子"。幸而不久就来了"辛亥革命"，老先生们喟然于"世变"之巨，也就一切"看穿"些，于是我也不再逢到好意的指导叫我穿那种"紧鞋子"了。说起来，这也未始不是"革命"之赐。

1934 年 7 月。

阿四的故事

他们都叫他"阿四"。

乡里顽皮的孩子都会唱一支从"阿大"到"阿九"的歌儿。

为什么就没有唱到"阿十"呢？那是谁也不得知。但总之，唱到"阿四"那一段最讨气。他最初听见了瞪着眼睛，后来只好一听见就逃走。这是牵连着"阿四"的那一段歌词：

"阿四，阿四，屁股上生颗痣。娘看看怕势势，爷看看割脱来拜利市。"

于是他恨着人家叫他"阿四"，也恨着自己为什么偏偏是"阿四"。然而阿四他的故事并不是就此完了的。

正月里，他淌着清水鼻涕跟在娘背后到镇上人家讨年糕头。二月里，他披着破夹袄跟在娘背后到河边摸螺蛳，到地里摘野菜挑马兰头。

三月里，娘忙了，他可乐了；他跑到爷管的租田东边那家镇上老爷的大坟地上玩去；他拾着了半枯的松球儿，也拾着了人家的断线鹞子，也看镇上的老爷太太小姐们穿得花绿绿地来上坟，照例他可以得一提粽子。

三月是阿四快乐的日子。他在爷光着背脊背着毒太阳落田的时候就盼望下一个三月；他在北风虎虎地叫，缩紧了肩膀躲在通风的屋角里，用小拳头发狠地揉着他的咕咕响的空肚子的时候，也偷偷地想着快要到来的三月。他盼过了一个，又盼第二个，一来一去，他也居然长成了十一二岁。

也许他竟有十二岁了，但是猴子似的。爷管的租田东边那镇上大户人家的坟地上的小松树还比他长得快些。上过了坟，大户人家那个红喷喷胖圆脸的老爷总叫他的爷，阿四的爷，往松树墩上挑泥。

阿四的身上却从来不"加泥"，所以那一年大热，他就病得半死。他是喝了那绿油油浓痰似的脏水起病的，浑身滚烫，张开眼不认识人。爷娘也不理他；好生生的人还愁饿死呢，管得了一个病小子？然而阿四居然不死。热退了，心头明白些的时候，他听得爷叹气朝娘说："死了倒干净！"

到桂花开的时候，阿四会爬到廊檐下晒太阳了。就像一条狗似的，他爬进爬出，永远没有人注意看他一眼的；人们，他的爷娘也在内，闹烘烘地从这家嚷到那家，像有天大的正经事。阿四虚弱的身体没有力气听，一听了只是耳朵里轰轰轰的；也没有力气看，看上两三分钟眼前就是一片乱金星。他只是垂着头靠在廊前的角里，做梦似的乱想些不相干的事。

他想到了大哥。他曾经有一个大哥，可是记不清哪一年被拉伕的拉了去，从此就没有了。他又想到他的二姊。他还有点记得起二姊的面孔。他知道二姊卖在镇里做丫头。二姊也许还有粥吃——想到吃，他就觉得自己肚子里要东西，可是他只咽了一口唾沫，乱七八槽再想下去。他的乏力的眼看见了他的河里捞起来浮肿了的三哥！他是人家雇了去赶黄鸭掉在河里死的。那时候，他，阿四，不过八九岁；那时候，爷哭，娘也哭；那时候，爷不说"死了倒干净"呢！

于是阿四就觉得有一团东西从心口涌上来，塞住在喉头。他暂时什么想念都没有，像昏去了似的。

也不知过去了多少时光，阿四的昏迷的神经忽然嗅到了一股香味。他的精神吊起来了，睁眼一看，稻场上是许多人，都拿着锄头铁耙。"阿四！"他又听得叫，是娘的声音。他这才又看见娘伛了腰站在他面前，手里是一只碗，那香气就从碗里来的。这是很厚的粥汤！是真正的粥汤，跟往日的不同！

阿四可不知道这一碗粥汤的历史。[1]他不知道这是他的村里还有他的邻里几百人拼性命去换来的。他不知道这是抢来的，差一点他的爷娘吃着了枪子。他万万想不到这里头也有血的。他咕咕几口就吞了下去。

然而这就使得他的耳朵灵些。轰轰轰的声音少了些，他仿佛听得有人喊道："镇上他们守得好，他们祖宗的坟都在我们乡下呀！"

坟么？阿四忽然又忘不了他的"快乐的三月"了。然而他的爷的声音又打断了他的思想。爷说："坟里还有值钱的东西呢！"接着就用手指着东方。阿四知道这是指那个他常常去玩的坟了。他觉得有点高兴，似也好像有点难过；可是他的高兴或难过算得什么，他听得稻场上的人们蓦地一声喊，像半天空打下个焦雷，他的虚弱的身体就又有点发慌，眼前又是一片乱金星，耳朵里又是轰轰轰。

等到他再能看能听的时候，稻场上已经没有人了，从东方却来了杭育杭育的喊声，还夹杂着听不清的嚷叫。像有鬼附在身上，他爬了几步，他爬到稻场的东头，他看见了：他的爷和村里人站在那坟墩上举高了锄头。

1　由此以下的文章，当时被国民党的检查官删掉了，未能刊出。现根据原稿补上。
　　——作者原注。

他呆呆地望着，不懂得爷和村里人干些什么；他也不想要懂得。

可是随后他到底懂了。忽然他那"快乐的三月"又在他心上一闪——不，简直像是踹了他一脚，他渺渺茫茫起了这样的感想：明年三月里没有人来上坟了，他得不到一提粽子了。

正这么想着，忽然听得那边一声轰天的欢呼，几十人像一个人似的欢呼了一下；他不由得也站了起来，也笑了一笑，但是腿一软，他又跌在地上。他躺在那里，有意无意地听着，也有意无意地想着。他觉得是有什么一个东西在他心头隐隐现现，像同他捉迷藏；末了，他好像捉住了那东西，瘦脸上淡淡一笑，自言自语地说："谁稀罕那几只粽子！"

1934 年 11 月 13 日。

小三

谁要是在马路旁边碰到小三，不把他当作绅士看——哦，倘使你以为绅士也者，一定得手拿司的克[1]，那么，就把他当作公子身份的挂名大学生也好。总而言之，谁要是瞥眼一看就知道这小三者不过是黄公馆的所谓"三小子"，这才怪了！

偌，偌，偌，那边他来了：小巧的圆圆的元宝脸，亮晃晃一头黑发从中间分开，就同黄公馆里的叭儿狗阿花的"博士头"差不多；阿花这头，据黄公馆的清客胡某的考证，是少见的，从狗鼻子朝上，到狗头顶，那么一道白线，笔直笔直，两边伏伏贴贴朝左右分开的两片儿黑毛，顶高明的理发匠恐怕也妆扮不出这样一个名贵的头罢，然而小三居然像得差不多了，何况他还穿了黄少爷上身过一次的洋服，还蹬着旧货铺里买来的来路货皮靴。

这当儿，请你千万不要忘记看表；也许你没有表，请你千万辛苦些，赶快跑到近旁的铺子里看看挂在那里的钟。约莫是八点三十分罢？不错，一定是八点三十分或四十分。小三出现在这条街上，一定是这

1　英语 Stick 的音译。意为手杖。

个时辰。这是个好时辰：吃公事饭的上衙门，康白度[1]上写字间，或者，少爷上学堂，都是差不多这个时辰。

从前，就是三个月以前，你想在这时辰发见小三挺胸凸肚囊囊地从那边走来，那也是怪事。从前，要是你定想看看他那跟阿花差不多的"博士头"，你得走到那边黄公馆的大铁门口。乌油的铁门很高很大，一点缝都没有，你只能看见门下离地一寸光景那扁长的空间不时有两只老牛皮的黑靴子移来移去；你认得这老牛皮的黑靴子同马路上巡捕脚上的，是堂兄弟，你知道这不是小三的；但是，你从铁门面前走了过去，你看看门下的老牛皮黑靴子，你再走回来，猛一抬头，嘿——你会吓了一跳，铁门旁边石头墙上有这么个尺把来长、半尺阔的小洞儿，嵌在这洞里的，是一个人头，两只乌溜溜的眼睛钉住你！

这人头，就是著名的小三的。它老是嵌在那长方形的小小的墙洞里。他有一只比猎狗还灵些的耳朵，墙外的脚步声刚刚近来，他那跟阿花差不多的头就立刻嵌在那岗位里，瞪大了乌溜溜的眼珠儿。那时候，他的职衔是号房里的"三小子"。

那时候，这左近一带的人们从没见过整个的小三，除了他那阿花式的头。因而最近这个头忽然装在脖子上出来走走，而且还有挺起的脚脯，凸出的肚子，你想，这一带的人们该是如何惊奇？他们指指点点悄悄地议论道：

"嘿嘿！小三发迹了！我跟你赌，他要不是什么科员，定是什么委！"

有时小三也听到，就回头去看看自己的脚跟，也看看地上的自己的

---

1 英语 Comprador 的音译。意为买办。

影子，然后眼朝着天，橐橐橐地走了去。

过了十点钟，这一带的马路上就不会再看见这个"新发迹"的人了。他在那里办公了。他的办公处就是黄公馆的大厨房。他这时也换了工作衣。大司务刚刚从小菜场回来，把两条大鲫鱼扔在小三跟前，嘴里含着一个铜钱似的喊道：

"小三！今天仔细点！昨天那鱼里还有这么个把刺，害得我吃排头[1]呢！今天是晚饭才用到，你慢慢地用心拔，剩一根，仔细你的皮！"

小三是照例侧着头听，像阿花似的。他先刮去了鱼鳞，很小心地从鱼背上剖开，摘去了肚杂，再使出软硬功来，把鱼身剖成两半爿，可以平摊在盘子里，却又不能将鱼肚皮割断。都弄好了，就放到蒸笼里去蒸。小三知道应该蒸多少时候。他这算法才发明了不多几天。他用一块布揩擦那大大小小六七把镊子，擦完了，鱼也蒸得恰到好处。

怎么一来，这差使会派到小三头上呢？这在黄公馆的"家乘"[2]上也是值得大书特书的。三个月前，卫生顾问葛大夫说黄老爷和黄太太还有少爷小姐们都应得常吃鲫鱼。呵，鲫鱼是卫生的么？叫大司务餐餐饭得用鲫鱼。然而糟极，小少爷怕刺，老爷太太也以为鱼有刺是太那个的。太太身边的老妈子上了个条陈，叫大司务拔掉了鱼刺再做上来。

1　上海话，意为受训斥。
2　记载家庭事务的文字，也作家谱。

马达的故事

一、马达的"屋子"

东山教员住宅区[1]有它的特殊的情调。

这是一到了这"住宅区"的人们立刻就会感到的，然而，非待参观过各位教员的各种个性的"住宅"以后，说不出它的特殊在哪里；而且，非得住上这么半天，最好是候到他们工作完毕，都下来休息了，一堆一堆坐着站着谈天说地，而他们的年轻的太太们也都带着儿女们出来散步，这高冈上的住宅区前面那一片广场上交响着滔滔的雄辩，圆朗的歌音，及女性的和婴儿的咿咿呀呀学语的柔和细碎的话声的时候，其所谓特殊情调的感觉也未必能完整。

而在这中间，马达的巨人型的身材，他那方脸、浓眉、阔嘴，他那叉开了两腿，石像似的站着姿势，他那老是爱用轩动眉毛来代替笑的表

1　指延安鲁迅艺术文学院教员的住宅区。

情，而最后，斜插在嘴角的他那支硕大无比的烟斗，便是整个特殊中尤其突出的典型。

不曾听说马达有爱人，也没有谁发见过马达在找爱人：他是"东山教员"集团内少数光棍中间最为典型的光棍。他的"住宅"就说明了他这一典型，他的"住宅"代表了他的个性。没有参观过马达的"住宅"，就不会对于"东山教员住宅区"的各个"住宅"的个性了解得十分完整。门前两旁，留存的黄土层被他削成方方整整下广上锐的台阶形，给你扑面就来一股坚实朴质的气氛，当斜阳的余晕从对面山顶淡淡地抹在这边山冈的时候，我们的马达如果高高地坐在这台阶的最上一层，谁要说不是达·芬奇的雕像，那他便是没眼睛。白木的门框，白木的门；上半截的方格眼蒙着白纱。门楣上刻着两个字：马达。阳文，涂黑，雄浑而严肃，犹似他的人。

但是门以内的情调可不是这般单纯了。土质的斗形的工作桌子，庄重而凝定，然而桌面的二十五度的倾斜，又多添了流动的气韵。后半室是高起二尺许的土台，床在中心，四面离空，几块玲珑多孔的巨石作了床架，床下地面繁星一般铺了些小小的石卵，其中有些是会闪耀着金属的光辉。一床薄被，一张猩红的毯子，都叠成方块，斜放在床角。这一切，给你的感觉是凝定之中有流动，端庄之中有婀娜，突兀之中却又有平易。特别还有海洋的气氛，你觉得他那床仿佛是个岛，又仿佛是粗阔的波涛上的一叶扁舟。

然而这还没有说尽了马达这"屋子"的个性。为防洞塌，室内支有木架，这是粗线条的玩意。可是不知他从哪里去弄来了一枝野籐（也许不是藤，总之是这一类的东西），沿着木架，盘绕在床前头顶，小小的尖圆的绿叶，缨络倒垂。近根处的木柱上，一把小小的铜剑斜入木半寸，好像这是从哪里飞来的，铿然斜砍在柱上以后，就不曾拔去。朝外的土壁上，标本似的钉着一枝连叶带穗的苗壮的小米。斗形的工作台上摆着全副的木刻刀，排队一般，似乎在告诉你：它们是随时准备出动的。两边土壁上参差地有些小洞，这是壁橱，一只小巧的表挂在左边。一句话，所有的小物件都占有了恰当的位置，整个儿构成了媚柔幽娴的调子。

巨人型的马达，就住了这么一个"屋子"。一切都是他亲手布置，一切都染有他的个性。他在这里工作，阔嘴角斜叼着他那硕大无比的烟斗。他沉默，然而这像是沉默的海似的沉默。他不大笑，轩动着他的浓重的眉毛就是他代替了笑的。

二、马达的烟斗和小提琴

认识马达的人，先认识他的大烟斗。

马达的大烟斗，是他亲手制造的。

"这有几斤重罢？"人们开玩笑对他说。

于是马达的浓眉毛轩动了，他那严肃的方脸上掠过了天真的波动似的笑影。他郑重地从嘴角上取下他的烟斗，放在眼前看了一眼，似乎在对烟斗说："嘿！你这家伙！"

他可以让人家欣赏他的烟斗。像父母将怀抱中的爱子递给人家抱一抱似的，他将他的烟斗交在人家手里。

那"斗"是什么硬木的老根做的，浑圆的一段，直径是有一寸五分。差不多跟鼓槌一样的硬木枝（但自然比真正的鼓槌小些），便作成了"杆"，插在那浑圆的一段内。

欣赏者擎起这家伙，作着敲的姿势，赞叹道："呵，这简直是个木榔头（槌子）呢！"他仰脸看着马达，想要问一句道："是不是你觉得非这么大这么重，就嫌不称手？"可是马达的眉毛又轩动了，他从对方的眼光中已经读到了对方心里的话语，他只轻声说了七个字："相当的材料没有。"

"这样子里的孔，用什么工具钻的？"

"木刻刀。"回答也只有三个字。

这三个字的回答使得欣赏者大为惊异，比看着这大烟斗本身还要惊异些，凭常情推断，也可以想象到，一把木刻刀要在这长约四寸的硬木枝中穿一道孔，该不是怎样容易的。马达的浓眉毛又轩动了，他从欣赏者脸上的表情明白了他心里的意思；但这回他只天真地轩动了眉毛而已，说明是不必要的，也是像他这样的人所想不到的。

可不是，原始人凭一双空手还创造了个世界呢，何况他还有一把木刻刀！

市上卖的不是没有烟斗。这是外边来的粗糙的工业制造品，五毛钱可以买到一支。虽说是粗糙的工业制造品，但在一般人看来，还不是比马达手制的大家伙精致些。鄙视工业制造品的心理，马达是没有的，即使是粗糙的东西。然而这五毛钱的家伙可小巧得出奇。要是让马达叼在嘴角，那简直像是一只大海碗的边上挂着一支小小的寸把长的瓷质的中国式汤匙

"你也买过现成的烟斗么？"欣赏者又贸贸然问了。

"买过。"马达俯首看着欣赏者的脸，轻声说，于是他慢慢地抬起头来，看着遥远的空际，他那富于强劲的筋肉的方脸上又隐约浮过了柔和而天真的波纹，似乎他在遥远的空际望到了遥远的然而又近在目前的过去，"买过的，"他又轻声说，"比这一支小些！"

他从欣赏者手里接过了他的爱人一般的大烟斗。叉开了两腿，他石

像似的站着，从烟斗里一缕一缕的青烟袅绕上升，在他那方脸上掠过，好像高冈上的一朵横云。刹那间云烟散了，一对柔和的眼睛沉静地看着你，看着周围的一切，看着这世界宇宙。于是你会唤起了什么的回忆：那是海，平静的海，阔大，而且和易，海鸥们在它面上扑着翼子，追逐游戏，但是在这平静和易之下，深深的，几十尺以下，深深的蛟龙潜伏在那里，而且，当高空疾风、震雷闪电突然际会的时候，这平静的海又将如何，谁又能知道呢？

一天，夕阳西下，东山教员住宅区前那一片广场上照例喧腾着笑声、歌声、谈话声的时候，人们忽然觉得缺少了什么东西。

叉开了两腿，叼着大烟斗，石像似的站着，只用轩动眉毛来代替笑的马达，不在这里。当他照例那样站着和人们在一处的时候，人们不一定时时想着："哦！马达在这里！"但当这巨人型的马达忽然不在的时候，人们就很尖锐地感到缺少了一件不能缺少的东西。

"马达正在向他的爱人进攻呢！"和马达作紧邻的人笑了说，"马达是会用水磨功夫的！"

这一句不辨真假的话，可能立刻成为一个主题；戏剧家、小说家、诗人、漫画家、作曲家，甚至也还有理论家，一时会纷纷议论，感到极大的兴趣。女同志们睁大了眼睛听，同时也发表了她们的观察和分析。

不错，马达是正在用水磨功夫，对付——但不是人，而是一块薄薄的木板子。

当好奇者在马达"住宅"的门前发见了他的时候，这巨人正弓着腰，轻轻而又使劲地按住一块薄薄的木板子，在一块砂石上作水磨，那种谨慎而又敏捷的姿势，好像十七八岁的小儿女在幽闺中刺绣。

谁要是看了这样专心致志而又兴趣盎然，还会贸然冲上去问一句：

"喂，马达同志，你这是干么的？"——那他真是十足的冒失鬼。

蹲在一旁，好奇者孜孜地看着：他渐渐忘记了马达，马达也似乎始终不曾见到他。

大烟斗里袅起青烟的当儿，马达轩动着眉毛，探身从土台的最高一级拿下个古怪的东西，给好奇者看。

"哦！"好奇者恍然大悟了。这是个小提琴的肚子，长颈子还没装上；这也是薄薄的木板——该说是木片，已经被弯成吕字形，中间十字式的木架撑住，麻绳扎着；这是极合规则的小提琴的肚子，但前后壁却还缺如。

"哦，"好奇者指着马达正作着水磨功夫的一块说，"这是装在那肚子上的罢？"

马达点头，又轩动着眉毛，满脸的笑意。

被水磨的那块板并不是怎样坚硬细致的木料，马达总希望将它弄到尽可能的光滑，他找不到砂皮，所以想出了水磨的法子。但是，已经被磨成吕字形的长条的薄木片，光滑固然未必十足，全体厚薄之匀称却是惊人的。

"呵！这样长而且薄的木板，你从哪里去弄来的？"好奇者吃惊地问。

"买来的，"马达静静地回答，柔和的眼光忽然闪动了，像是兴奋，又像是害羞，"新市场里买的。"

"哦！"好奇者仰脸注视着马达的面孔，"了不起！"这当儿，他的赞叹已经从木板移到人，他觉得别的且不说，光是能够"找到"这样的薄薄的木板，也就是"了不起"的事情。

马达完全理会得这个意思，他庄重地说道："买这容易。这是本地老百姓做蒸笼的框子用的！"

于是谈论移到了制造一个小提琴所必需的其他材料了。马达以为弦线最成问题。

"胡琴用的弦线，勉强也可以。"马达静静地说，从嘴角取下他那大烟斗。

弓着腰，他又专心一意兴趣盎然去对付那块木板了。好奇者默默地在一旁看，从那大烟斗想到未来的小提琴，相信它一定会被制成的。隔了好几天，傍晚广场上照例的小堆小堆的人们中间，又照例地有叉开了两腿，叼着大烟斗的马达了。他的小提琴制成了罢？没有人问他，照例他不会先对人家提到这话儿。然而大家知道，制成是没有疑问的。当好奇者问他："那弦线怎样？成么？"

"木料也不成！"马达庄重地回答。

只是这么一句话。

青烟从大烟斗中袅袅升起，烟丝在烟斗里吱吱地叫。马达轩起了他那浓眉，举起柔和的眼光，望着对面山顶的斜阳、斜阳中款款摇摆着的狗尾巴草似的庄稼、驮着斜阳慢慢走下山冈来的牛羊。

不能忘记的一面之识

　　他们第一次感觉到有这么一位年轻人在他们一起，是在天方破晓，山坡的小松林里勉强能够辨清人们面目的时候。朝霞掩蔽了周围的景物，人们只晓得自己是在一座小小的森林中，而这森林是在山的半腰。夜来露重，手碰到衣服上觉着冷，北风穿过森林扑在脸上，虽然是暖和的南国的冬天，人们却也禁不住打起寒战来了。

　　昨夜他们仓皇奔上这小山，只知道是到一个比较安全的地方，敌人的游骑很少可能碰到的地方；上弦月早已西沉，朦胧中不辨陵谷，他们只顾跟着向导走，仿佛觉得是在爬坡，便断定是到山里的一间土寮或草寮去，那里有这么几株亭亭如盖的大树，掩护得很周密而又巧妙，而且——就像他们在木古所经验过的住半山土寮的风味，躺在稻草堆上一觉醒来，听远处断断续续的狗叫，似在报导并无意外，撑起半身朝寮外望一眼，白茫茫中有些黑魆魆，像一幅迷漫的米芾水墨面，这也算是够"诗意"的了。他们以这样的"诗意"自期，脚下在慢慢升高，谁知到最后站住了的时候却发见这期待是落空了，没有土寮。也没有草寮，更没有亭亭如盖的大树，只有疏疏落落散布开的小树。才到一人高。然而这地方之尚属于危险区域，那时倒也不知道。现在，他们在晓风中打着寒噤，睁大了眼发愣，可突然发觉在他们周围，远远近近，有比他们多一倍的武装人员，不用说，昨夜是在森严警戒中糊里糊涂地睡了一觉。

不安的心情正在滋长，一位年轻人，肩头挂一枝长枪，胸前吊颗手榴弹，手提着一枝左轮，走近他们来了。他操着生硬的国语，几乎是一个一个单字硬拼凑起来的国语，告诉他们：已经派人下去察看情形了，一会儿就能回来，那时就可以决定行动了。

"敌人在什么地方？"他们之中的C君问。

年轻人好像不曾听懂这句话，但是不，也许他听懂，他侧着头想了想，好像一个在异国的旅客临时翻检他的"普通会话手册"要找一句他一时忘记了的"外国话"；终于他找到了，长睫毛一闪，忽然比较流利地答道："等等就知道了。"

如果说是这句话的效力，倒不如说那是他的从容不迫的态度给人家一服定心剂，人们居然自作了结论：敌人大概已经转移方向，威胁是已经解除了。然而人心总是无厌的，他们还希望他们自作的结论得到实证。眼前既然有这么一位"语言相通"的人，怎么肯放过他？问题便像榴霰弹似的纷纷掷到他头上。他们简直不肯多费脑力估量一下对方的国语程度究竟是能够大概都听懂了呢，还是连个大概都听不懂，而只能像一位环绕地球的游客就凭他那宝贝的"会话手册"找出他所要说的那几句话。

但是年轻人不慌不忙静听着，闪动着他的长睫毛。末了，他这才回答，还是那一句："等等就知道了。"这一句话，现在可没有刚才那样的效力了。因为提出的问题太多又太复杂，这一句回答不能概括。人们内心的不安，开始又在滋长。他们开始怀疑这位年轻人能听懂也能说的国语究竟有几句了，如果他们还能够不起恐慌，那亦还是靠了这位年轻人的镇静从容的态度。

幸而这所谓"等等"，不久就告终，"就知道"的事情也算逐一都知道了。敌人果然离这小村落远些了，他们可以下山去，到屋里一歇了。在一座堡垒式的大房子里，人们得到了一切的满足：关于"敌情"的，关于如何继续赶路的，最后，关于休息和口腹的需要。

因为是整夜不曾好生睡觉，他们首先被引进一间房去"休息"一会儿，这房本来也有人住，但此时却空着。招待他们的人——两位都能说国语，七手八脚把一些杂乱的东西例如衣服、碗盏之类，堆在一角，清理出一张大床来，那是十多块松板拼成，长有八九尺，宽有四五尺，足够一"班"人并排躺着的家伙；又弄来了一壶开水，于是对他们说："请休息罢，早饭得了再来请你们。"

这房只有一个小小的窗洞，狭而长。实在不能算是窗，只可说是通气洞。但真正的用途，却是从这里可以射击屋子外边的敌人。此时朝暾半上，房里光线黯淡，而在他们这几位弄惯了必先拉上窗帏然后始能睡觉的人看来，倒很惬意。然而他们睡不着，也许因为疲劳过度上了虚火，但也许因为肚子里空，他们闭眼躺在那些松板上，可是睡不着。

但是不久就来请吃早饭了。

吃饭的时候，招待他们的两位东道主告诉他们：今晚还得走夜路，不远，可也有三十多里，因此，白天可以畅快地睡个好觉。

他们再回那间房去，刚到门口，可就愣住了。

因为是从光线较强的地方来的，他们一时之间也看不清楚，但觉得房里闹烘烘挤满了人，嘈杂的说笑，他们全不懂。然而随即也就悟到，这是这间房的老主人们回来了，是放哨或是"摸敌人"回来了，总之，也是急迫需要休息的。

渐渐地看明白，闹烘烘的七八人原来是在解下那些挂满了一身的捞什子：灰布的作为被子用的棉衣、子弹带、面巾、像一根棒槌似的米袋、马口铁杯子、手榴弹等等，都堆在墙角的一只板桌上。看着那几位

168

新客带笑带说，好像是表示抱歉，然后一个一个又出去了，步枪却随身带起。

房里又寂静了，他们几位新客呆了半晌，觉得十二分地过意不去；但也只好由它，且作"休息"计。他们都走到那伟大的板铺前，正打算各就"岗位"，这才看见房里原来还留得有一个人，他坐在那窗洞下，低着头，在读一本书，同时却又拿支铅笔按在膝头，在小本上写些什么。

看见他是那么专心致志，他们都不敢作声。

一会儿，他却抬起头来了，呀，原来就是早晨在山上见过的那位年轻人。

只记得他是多少懂得点国语的，他们之中的 C 君就和他招呼，觉得分外亲切，并且对于占住了房间的事，表示歉意。

年轻人闪动着长睫毛，笑了一笑。这笑，表示他至少懂得了 C 君的意思。可是他并不开口，凝眸望了他们一眼，收拾起书笔，站起身来打算走。"不要紧，你就留在这里，不妨碍我们的，况且我们也不想睡。"C 君很诚恳地留他。

C 君的同伴们也表示了同样的意思。

他可有点惘然了——是呀，他这时的表情，应当说是"惘然"，而不"踌躇"。长睫毛下边的澄澈而凝定的眼睛表示了他在脑子里搜索一些什么东西。终于搜索到了，乃是这么一句："我的事完了。"他似乎还有多少意思要倾吐，然而一时找不到字句，只好笑了笑，又要走。这当儿 C 君看见他手里那本很厚的书就是他们一个朋友所写的《论民族民主革命》，一本高级的理论书，不禁大感兴趣，就问他道："你们在研究这本书么？"

他的长睫毛一敛，轻声答道："深得很，看不懂。"忽然他那颇为白皙的脸上红了一下，羞怯怯地又加一句："没有人教。"

"你们有学习小组没有？"

年轻人想了一会儿，然后点头。

"学习小组上用什么书？不是这一本么？"

"不是。"年轻人的长睫毛一动，垂眼看着手里那本书，又叹气似的说，"好深呵，好多地方不懂。"

这叹息声中，正燃烧着火焰一样的知识欲；这叹息声中，反响着理论学习的意志的坚决，而不是灰心失望。他们都深深感动了。C君于是问道：

"你是哪里人？"

"新加坡。"

"什么学校？"

"我是做工的。"年轻人回答，长睫毛又闪动一下。

这一回答的出人意料，不下于发见他在自习那本厚书。C君的同伴们都加入了谈话。而且好像这极短时间的练习，已经使得那年青人的国语字汇增加了不少，谈话进行得相当热闹。

从他的不大完全的答语中，他们知道了他生长在新加坡，父母是工人，兄弟姊妹也是工人，他本人念过一年多的小学，后来就做机器工人，抗战以后回祖国投效，到这里也一年多了。

"你怎么到了这里的？"有人冒昧地问。

年轻人又有点惘然了。急切之间又找不到可以表达他的意思的国语了，他笑了笑，低垂着长睫毛，又回到原来的话题，叹息着说："知识不够，时间——时间也不够呀。"

于是把那本厚书塞进衣袋，他说："我还有事，等等，时间到了，会来叫你们。"便转身走了。

　　房里又沉静了，一道阳光从窗洞射进来，那一条光柱中飘游着无数的微尘，真可以说一句万象缤纷。他们都躺在松板上，然而没睡意，那年轻人的身世、性格——虽然只从这短促的会晤中窥见了极少的一部分，可是给他们无限兴奋。

　　态度沉着，一对聪明而又好作深思的眼睛，长长的睫毛，异常清秀端庄的面孔，说话带点羞涩的表情——这样一个年轻人，这样一个投身于艰苦的战斗生活的年轻人，仿佛在他身上就能看出中华民族的最优秀的儿女们的面影。

叩门

答，答，答！

我从梦中跳醒来。

——有谁在叩我的门？我迷惘地这么想。我侧耳静听。声音没有了。头上的电灯洒一些淡黄的光在我的惺忪的脸上。纸窗和帐子依然是那么沉静。

我翻了个身，朦胧地又将入梦，突然那声音又将我唤醒。在答，答的小响外，这次我又听得了呼——呼——的巨声。是北风的怒吼罢？抑是"人"的觉醒？我不能决定。但是我的血沸腾。我似乎已经飞出了房间，跨在北风的颈上，崚然驱驰于长空！

然而巨声却又模糊了，低微了，消失了；蜕化下来的只是一段寂寞的虚空。

——只因为是虚空，所以才有那样的巨声呢！我哑然失笑，明白我是受了哄。

我睁大了眼，紧裹在沉思中。许多面孔，错落地在我眼前跳舞；许多人声，嘈杂地在我耳边争讼。蓦地一切都寂灭了，依然是那答，答，答的小声从窗边传来，像有人在叩门。

"是谁呢？有什么事？"

我不耐烦地呼喊了。但是没有回音。

我捻灭了电灯。窗外是青色的天空闪耀着几点寒星。这样的夜半，该不会有什么人来叩门，我想；而且果真是有什么人呀，那也一定是妄人：这样唤醒了人，却没有回音。

但是打断了我的感想，现在门外是殷殷然有些像雷鸣。自然不是蚊雷。蚊子的确还有，可是躲在暗角里，早失却了成雷的气势。我也明知道不是真雷，那在目前也还是太早。我在被窝内翻了个身，把左耳朵贴在枕头上，心里疑惑这殷殷然的声音只是我的耳朵的自鸣。然而忽地，又是——

答，答，答！

这第三次的叩声，在冷空气中扩散开来，格外的响，颇带些凄厉的气氛。我无论如何再耐不住了，我跳起身来，拉开了门往外望。

什么也没有。镰刀形的月亮在门前池中送出冷冷的微光，池畔的一排樱树，裸露在凝冻了的空气中，轻轻地颤着。

什么也没有，只一条黑狗爬在门口，侧着头，像是在那里偷听什么，现在是很害羞似的垂了头，慢慢地挨到檐前的地板下、把嘴巴藏在毛茸茸的颈间，缩做了一堆。

我暂时可怜这灰色的畜生，虽然一个忿忿的怒斥掠过我的脑膜：

是你这工于吠影吠声的东西，丑人作怪似的惊醒了人，却只给人们一个空虚！

韧性万岁

　　惯于颠倒黑白的人们提起鲁迅先生，总以不满意的口气说："执拗的老人！"他们不会懂得他们所谓"执拗"正是鲁迅先生的战斗的韧性！

　　封建黑暗势力下的渣滓，政治圈内、文化圈内的无耻之徒和恶棍，都曾受到鲁迅先生的韧性战斗的打击。"对于旧社会旧势力的斗争，必须坚决，持久不断"（《二心集》），只有韧性的持久战，才能扫荡积久的渣滓和新生出来的毒瘤！

　　鲁迅先生早就期待着"一片崭新的文场，几个凶猛的闯将"（《论睁了眼看》），但同时也屡次警戒战友"不要赤膊上阵"，又说"在文艺战线上的，还要韧"（《二心集》）。这都是他三十年战斗经验得来的宝贵的指导。"凶猛的闯将"而又能韧，这才是真正的战士。他看见有过"横冲直撞的莽将军"，然而一败之后则意气消沉；他又看见过"赤膊上阵"拼一死的勇上，然而这种拼死一击的行动，虽云悲壮，却不是可成死命的——他谆谆以韧战为言，是针对着文坛的一些现象的。

　　每当政治社会发生变动，青年们意气洋洋，认为"明天便要完全不同"的时候，鲁迅先生是冷静的，他警告着：不要笑得太早。因此而被讥为"悲观"，也不止一次。但是当讥笑者遇到了顿挫而消极的时候，鲁迅先生却在坚韧地斗争下去！

　　这些事情，大家应当早已熟悉，但现在我们还必须谨记而温习这一遗范——韧性的战斗。在长期抗战中，全国民众都须要坚韧，"在文艺战线上的，还要韧"。目前摆在文艺工作者面前的许多问题，都不是"痛快主义"所能解决，必须韧战。我们必须有韧性的斗争，才能使广大的民众深切明了抗战建国的重任；必须有韧性的斗争，才能把贪污土劣、托派、汉奸种种阻碍抗战、破坏抗战的恶势力从抗战路上扫除出去；必须有韧性的斗争，才能消灭失败主义、盲目的乐观，以及潜伏着绝望意识的但求拼死的心理。即如"大众化"一问题，也必须韧性的斗争，才能克服太"左"的反对"利用旧形式"，以及太右的"为旧形式所用"的尾巴主义。

　　只有对于最后胜利有确信，而又能够正确地估计到当前的困难的，方始能作韧战。我们需要坚守岗位，从容不迫的韧性的战士！

青年苦闷的分析

亲爱的朋友：

从你的来信中看出你是十二分的苦闷。用我的另一个朋友的话：你是"在死线上挣扎"。用你的自己的话：你是"站在交界线上"。你是出了学校，将入社会；不是你战胜了生活，便是生活将你压碎，将你拖进了地狱去——这，你说在你目前的环境是很有可能的。你说你仅仅是个中学毕业生，你没有用正当手段在社会上来自立的能力，而且即使你的能力还够，社会上却已经密密层层挤满了和你同样境遇的可怜人，从这样的同命者的嘴巴里夺取面包来养活你自己，你却又于心不忍，于义不取。你说社会是新的"斯芬克斯"，不是你解答了它的谜，便是你被它吞下去。你觉得你是解答不了社会的谜，因此你觉得只有两条路横在你面前：被生活拖下社会的地狱去，或是死！

哦！云山茫茫，我送给你一个握手。

但是在我提笔作书这现刻，我心里充满着的却不是什么感伤悱恻的情绪而是忿忿。我真不愿意对你表示什么同情，寄与什么慰安——这些"空心汤圆"，这些不痛不痒的温甘剂，对于你一点好处也没有。我只想请你吃点辣子，给你一些批评。我又觉得给你什么职业上谋生上的暗示——所谓得一个啖饭处，于你也是没有多大帮助，因为你的苦闷的缘故还不是仅仅一个胃的装饱与否的问题——还不是仅仅活下去的问题，而是怎样活得有意义的问题。自然胃的装饱与否也不是小问题，所谓"饿死小事"那样的话只是吃得太饱的大人先生们坐在衙门里说说的，不过这里讲起来话太长了，而且我想来你总也看到许多书讲到怎样方可以大家不饿。朋友！对于像你这样还没到缺少白米饭的胃，就需要一点辣子。这可以使你出一身大汗，可以破除你的苦闷罢！

你是一个多少有点觉悟的青年。你不愿意像别人那样过着猪狗一般的被践踏、被损害的生活，你也不愿意像又一种别人那样过着损人肥己或是向吮嚼民众血液的魔鬼献殷勤乞怜而分得些馐余以骄妻子的生活。你不愿被压迫，也不愿为压迫者。你是因为觉得这样合理的社会和人生似乎一时不能实现，所以便苦闷了的呀！你这苦闷自然比较单纯的贫困或是失恋更有深切的意义。但是我不能不说你这苦闷就是你的糊涂呀。

朋友，据你这心理状态，你好像是某寓言中的驴子，因为不能够一步就到了人家对它说的那个花园吃理想中的玫瑰，就归根怀疑到该花园之是否真真存在。现代人中间不乏颇像这寓言中驴子们的可敬的怀疑者；他们的毛病就是不明白一个社会组织的改变绝不是像你在床上翻一个身那样容易的。一个社会组织的改变不但须要很长的时间，而且中间一定要经过不少的各种形态的阶段。社会进化的方式，既不如一班人所说的那样机械的，也绝不是又一班人所说什么混杂变幻不可思议究诘。处在这转变期的我们，固然需要一种有所不为、有所必为的坚决的意志，却也需要一种毅力——只照着正确的路线走去，把一切顿挫波折都放在预算中，绝不迟疑徘徊的那样的毅力。朋友，你在现今这瞬息万变的社会中，像你那样的青年人，顶需要的，是这种毅力。下了有所不为、有所必为的决心而没有这种毅力的人儿是苦闷的。朋友，你的苦闷的一方面，据我看来，就是这个。

你说你要牺牲一己为大众谋幸福久矣，但恨不得其门未逢其人；自然这你是有慨于目今挂羊头卖狗肉者之多，故有此言。你为此审慎，为此迷惘，为此而痛感生命力之无从发泄，而感苦闷。朋友，你这种不"轻举妄动"的态度是很好的，然而一何类于深闺择婿的淑女耶？朋友，你须不是一个小姑娘，你总不应该自存着万一受了欺骗便无以自反的心理因而简直不敢动呀！跑出你的"香闺"，走到十字街头；不要尽信赖你的耳朵，应该睁开你的眼睛来；那么，如果你确是像你来信中所表现的那么一个人，你一定可以看见大众所苦痛者究竟是什么，并且究竟是什么东西能够解放他们了。我再说一遍，你不是一位小姑娘，你须不怕受了人家的骗而又被指勒着不得脱身，你更不须顾忌着万一上当则将玷污你终身的"清白"——其实你大概熟知在现今即使是小姑娘也很多并不这样畏蒽的了，你是一个青年男子，应该有一点"泼皮"的精神，什么都不怕一试，试得不对，什么都不怕丢开另来。朋友，就是这追求又追求，搏战又搏战中，有着你的最宝贵的生命力之表现。中国有句老话：大处落眼，小处着手。你的落眼处虽然是为大多数民众求幸福，但你的着手处却应该从极小处开始；不耻下层的工作，不要放弃琐细的斗争；如果你是这样想，你的每一刻的生活便不会没有意义，你的整个生命力的表现便走上了正确的路线了。

朋友，也许你是欢喜多想的罢？用思固然是好事，但只管空想，却是坏事中之最坏者。我觉得现在有些人都犯了这样一个毛病：他已经依理性的指示而决定了一个主张或信仰，这主张或信仰之决定，当然是思索的结果，决定以后当然仍得用思，这时的思索应该集中在如何而可实现他的主张——就是确定了实现他这主张的步骤；然而不然。他却尽管左右前后地空想，他想得很多，估量得很多，预防得很多，但是一切这些思索都不是促其主张的实现，只是围绕着他这主张兜圈子，固然他这主张自始至终没有一分一毫的移动，他始终抱定着他这主张，可是始终不曾有过一分一毫的实现。在主观上，他有一个牢不可破的主张，但在客观上，他等于没有主张。于是结果他苦闷了，大喊没有"出路"。朋友，你是否也陷于这样的所谓没有"出路"的苦闷？我看来你有一点。朋友，一个人的生活的布置绝不能像下围棋似的可以数子而定全局。你在对弈开始落子的时候，棋局是空白的，你有布置你的局势的自由，但你的生活却不是放在空白的"人生的棋局"上，所以你若自己计划好了自己生活的"局势"以后而尽管躺在床上"推敲"，那就愈想愈糊涂，终于成了不动了。主要的是：你定了主意后就应该定步骤，你自然得小心，但不可不放开脚步走上前去，不容趑趄！半途上出了什么岔子么？到那时再来对付！不过你也不可以忘记你应当时时自己武装准备对付那些岔子！

假如你还没有决定任何主意的时候，那么，朋友，慎防着陷进了又一泥坑里。欢喜多空想的人又有这样的一种：譬如说想从一个瓶子里倒出酒来喝罢，他，这位空想家，尽对着瓶子出神，先来推论这瓶里的酒到底是什么酒，好不好的，照这瓶子的漂亮的外观面言该是好酒，但也许竟是最劣等的酒，也许竟不是酒——这样反复推想，什么都想到了，只是始终不曾想起先倒出那酒来尝一下，然后再作结论。朋友，你不要笑，现代的青年中尽多这样的人呢！自然对于一瓶酒之类不会这样的没主意；可是对于"立身处世"的大计明明放着一条路在面前而始终拿不定主意以至趑趄不决的却多得很呢。这结果也是烦闷。

朋友，或者你还有点感情与理智的冲突，向善心与向恶心的矛盾罢？你也许因而感到自己的脆弱，因而悲观消沉罢？哦！你不应该如此的。人类并不是"全知全能的上帝"，人类是或多或少有些缺陷的；我们的老祖宗——原始人，比起我们来，要不完全得多了，然而他们从工作中，从生活斗争中，炼到了一身本事；所以，朋友，你不必为你的有缺陷而自馁，你应当在找寻工作和生活斗争中锻炼你自己，填平你的缺陷，只有不断地和环境奋斗，然后才可以使你长成。

朋友，你是青年，你手足健全，你受过中等教育，你生在这转变时代，你有很好的机会在这正在展开的历史的悲壮剧中做一个角色，你是很幸运的。你没有父祖的余荫，没有一份家产来供你安居饱食生儿子做老太爷，你没有亲戚故旧的提拔，没有同乡同学的帮忙，你进不能混入贪官污吏土豪劣绅队中，退而求为一个安分守己的小百姓亦不可得，但是正因为你是一无所有的青年，你的出路是明明白白的一条：

为了大多数人也为了你自己的解放而斗争！

我们这文坛

我们这文坛是一个百戏杂陈的"大世界"。有"洪水猛兽",也有"鸳鸯蝴蝶";新时代的"前卫"唱粗犷的调子,旧骸骨的"迷恋者"低吟着平平仄仄;唯美主义者高举艺术至上的大旗,人道主义者效猫哭老鼠的悲叹,感伤派喷出轻烟似的微哀,公子哥儿沉醉于妹妹风月。

我们的文坛又是一个旗帜森严各显身手的"擂台"。三山五岳的好汉们各引着同宗同派,摆开了阵势,拼一个你死我活。今天失手了,在看客的哄笑声里溜走了,明天换一个花样再来。反正健忘的看客也记不清那么多的脸。

红脸的,白脸的,黑脸的,蓝脸的,黄脸的,雷公脸的,长嘴大耳朵的,晦气色脸的,都在这"擂台"上串进串出。金瓜锤,方天戟,青龙刀,梨花枪,八卦衣,鹅毛扇,飞镖,袖箭,前膛枪,红衣大炮,三八步枪,迫击炮,水旱机关枪,飞机,坦克:人类一千年来的武器同时并见。

我们这"擂台"的文坛打了有十多年了,还没分个决定的胜败!

我们这"擂台"的文坛也有若干各宗各派的评判员。有的捧着高头讲章,《诗韵合璧》；有的戴着牌头[1]，圣培韦，泰纳，托尔斯泰，玛里纳蒂，蒲列汗诺夫，白璧德[2]；有的更使用着新式的天平，"意德沃洛基"[3]。

谁也都是百分之百的合理，而别人是百分之百的没出息。

谁都自称是嫡派秘授，而别人是冒牌货，野狐禅。

我们这"擂台"的文坛上的评判员也这样进行着万花缭乱的混战！

我们这"擂台"的文坛背后还有许多后备军的青年作家。他们中间正起着变化：或者已经拜了山门，成了宗派；或者尚在彷徨，觉得什么都不好；或者远道慕名，却不知道他所崇拜的好汉早已摇身一变；或者拾起了巨子们从前的玩意儿当作法宝，大做其"身边琐事"的描写，"即兴小说"，"文艺自传"。

他们中间也有些倔强的，打算自己找路走；也有些胆小的，经不起一声断喝，就不敢相信自己的能力；也有些糊涂的，左看看也好，右看看也好，在那里打磨旋。可是他们大多数不肯向后转，他们想做新时代的"第一燕"！

我们这"擂台"的文坛背后就挤满了这许多有志的后备军的青年！

---

1 沪语。意为倚仗势力。

2 圣培韦（Sainte-Beuve, 1804–1869）：法国文艺批评家；泰纳（Taine, 1828–1893）：法国实证主义的批评家；托尔斯泰（L, Tolstoy, 1828–1910）：俄国文学家；玛里纳蒂（Marinetti, 1876–?）：意大利艺术家；蒲列汗诺夫（Plekhanov, 1856–1918）：俄国最早的马克思主义者之一；白璧德（I. Babbitt, 1865–1933）：美国"新人文主义"的文艺批评家。

3 Ideology 的音译。意为意识形态。

朋友！这就是我们文坛的"卡通"！朋友！这就是我们那错综动乱的社会所反映出来的文艺上的奇观！

朋友！这不是苦了看客？然而也不然。看客们不是一个印板印出来，看客们的嗜好各殊咸酸；是为的这些看客们各趋所好，这才三山五岳的好汉们能够雄踞擂台的一角，暂时弄成了各不相下。

他们看客才是真正的最有权威的评判员。他们的掉头不顾是真正的一声"银笛"，任何花言巧语的宣传所挽回不来！

朋友！你也且莫担心着他们看客的口味是那样太庞杂！朋友，也许你不相信，但是你将来一定会看见：生活的紧箍咒会把这些各殊咸酸的看客们的口味渐渐弄成了一律！

三山五岳的好汉们谁能够紧紧地抓住了看客们的心弦，弹出了他们的苦痛，他们的需求，鼓动了他们的热血，指示了他们的出路，谁就将要独霸这文坛的"擂台"；任何欺骗，任何威胁，任何麻醉，都奈何他不得！

朋友！现在我们不妨来做一回"梦"了。我们来"梦"一回最美满的文坛的将来，我们来"梦"一回将是怎样的狂风烈火将这大垃圾堆的文坛烧一个干净而且接着秀挺出壮健美丽的花朵。

朋友！不远的将来，从我们这里连年的战火，饥荒，水灾，旱灾，外患，一切等等所造成的罡风将吹燃了看客他们心头星星的火焰，变成了烈火滔天；烧穿了一切烟幕，一切面具，一切玩意儿的花鸟，他们看客将同声要求一些了为了他们的，是他们的，属于他们的。

朋友！在这时候，鸳鸯蝴蝶也许仍在双双戏舞，可是没有人看；唯美主义的大旗将要挂在书房里，感伤的诗人琴弦将要进新，公子哥们将要再没有闲心情沉醉在妹妹风月。朋友！在那时候，只有生活的悲壮的史诗能够引起看客他们的倾听，震动他们的心弦！

但是朋友，我们文坛上那些自命为站在时代前线的三山五岳的好汉们以及青年的后备军在这历史的一幕前却也不能不自强不息。尤其那些"前卫"们，不能仍然那么狂妄地以为文坛的大任将"匪异人任"地必然地落到他们身上！

虚心地艰苦地学习，是必需的！

生活本身是他们的老师，看客大众是他们的不容情的评判员！

朋友！天亮之前有一时间的黑暗，庞杂混乱是新时代史前不可避免的阶段，幼稚粗拙是壮健美妙的前奏曲，"The Beautiful Agony of Birth"据说这就是辩证法的进展，是铁一样的规律！

只有竹子那样的虚心，牛皮筋那样的坚韧，烈火那样的热情，才能产生出真正不朽的艺术。

朋友！我们毫不客气地说：我们唾弃那些不能够反映社会的"身边琐事"的描写；我们唾弃那些"恋爱与革命"的结构，"宣传大纲加脸谱"的公式；我们唾弃那些向壁虚造的"革命英雄"的罗曼司；我们也唾弃那些印板式的"新偶像主义"——对于群众行动的盲目而无批判的赞颂与崇拜；我们唾弃一切只有"意识"的空壳而没有生活实感的诗歌、戏曲、小说！

将来的真正壮健美丽的文艺将是"批判"的：在唯物辩证法的显微镜下，敌人，友军，乃至"革命自身"，都要受到严密的分析，严格的批判。

将来真正壮健美丽的文艺将是"创造"的：从生活本身，创造了斗争的热情，丰富的内容，和活的强力的形式；转而又推进着创造着生活。

将来的真正壮健美丽的文艺因而将是"历史"的：时代演进的过程

将留下一个真实鲜明的印痕，没有夸张，没有粉饰，正确与错误，赫然并在，前人的歪斜的足迹，将留与后人警惕。

将来的真正壮健美丽的文艺，不用说，是"大众"的：作者不复是大众的"代言人"，也不是作者"创造"了大众，而是大众供给了内容，情绪，乃至技术。

朋友！这不是"梦"，这和一加一等于二那样的不可强辩！

但是朋友，眼前我们却还只有庞杂混乱，幼稚粗拙！时代的大题材有多多少少还没带上我们那些作家的笔尖！时代的大步突飞猛进，我们这文坛落后了，异样的"牛步化"，没出息！朋友！可是你也毋须悲观，时代的轮子将碾碎一些脆弱的，狂妄自夸的，懒惰不学好的，将他们的尸骸远远地抛出进化的轨道！剩下那有希望的，将攀住了飞快的时代轮子向前！

他们必须艰苦地虚心地跟"时代"学习！

生活本身是他们的老师，看客大众是他们的不容情的评判员！朋友！这不是"梦"，这和一加一等于二那样的不可强辩！

1932 年 11 月 28 日。

作家与批评家

我们这里有一卷"卡通"，题目是"作家和批评家"。

这是在狭狭的高低不平的路上，这是在月儿已坠，星儿已隐，天亮前最黑暗的时光，这是牛鬼蛇神诱张为幻的最后一刹那。时代的巨轮飞快地向前进，进，人家一世纪的行程，在我们是要十年八年（或者还不到）就得赶上。我们这"卡通"的人物在此地此时登场。

作者之群和批评家之群中间有点小小口角！

作家们抱怨批评家们"不负责任"，只会唱高调，可是总说不出个所以然来叫作家佩服。作家方面有一个声音——这是唯一听得见的声音，这样愤愤然说：

"我们都是朝前走，朝光明走的人呀！可是你们只说我们落伍，却从没教给我们赶快跑上去，或者怎样跑的方法！老实说，你们这态度欠坦白！""从没教给么？没有的事！你自己畏首畏尾不肯下决心罢了。"

批评家也是同样地抱怨着。

"然而你说的路，我们看来走不通；你说的走路、赶路的方法，我们没有法子学，学了要跌跤！"

"要是你不存主观地看一看，就知道路是原来通的；要是你学着我们说的步法试走一下，就知道原来不会跌跤！"

"那么，不能单怪我们主观，不能单怪我们不学步法，实在是你们说得不明不白——你们从没很具体地说出个所以然来呀！"

"既然说明了还是一条路上走，那就好办了！我们来平心静气地讨论一下罢。"

朋友，恕我不能把那些字幕都抄出来了。总之，互相抱怨是无聊的，要互相帮助。但是（这个"但是"合于辩证法否，将来我们知道），因为作家大都是感情的，所以当一位批评家举出例来具体地批评时，作家又有点不愿意了。为的捏住了鼻子灌药，总也有点不舒服；被灌者即使知道明明是好药，总也不肯承认自己先有了毛病。

再来一点废话——

东家的李四阿爹说：做批评家，是蛮惬意的；人家辛辛苦苦写成了作品，他舒舒服服地读，读过了说短论长，就是指导——这还不惬意么？

西家的张三先生另是一种话：批评家应该在前引路，不在前引而在后面鞭策，那就不好；且不说那是太不客气，是消极的办法，假使那鞭子下去的方向稍稍错了一点，作家一奔就上了岔路，那岂不是糟糕？

批评家听了只好苦笑。当然他不是"圣人"，哪能没有点点儿错！

所以，朋友，眼前实在难乎其为批评家。有人冤他蛮惬意，有人责备他不应该也有时说错；抱怨他说话不具体，又嗔怪他说得太有着落；要他指引路径，又嫌他引人往岔路上跑；有时怪他营养不足，有时又要他代作家想出题材来了。

这，仿佛是说："既然你会指摘这不是，那又不对，就请你自己来动手罢！"

厨子要请吃客自己来做菜了！虽然批评家确不是吃客，真正的吃客是读者。

其实厨子应该引以为忧的，是做出菜来没有人领教而不是有人品评好坏。现在许多厨子望着人家开出来的菜单发怔，颠倒要请开单人自己动手，实在也难乎其为厨子了！

文艺上的菜单应该有哪些品色——即所谓理想中的全席，好像大家也没说过不对；所以菜单早已定了，只待厨子们用心去做，不过厨子们单是用心也不够，还得配足原料。没有充足的原料，单用油盐酱，是一定不行的罢？批评家们只能指示原料的出产地，找当然还要厨子自己去找。

厨子因为在油锅边站得久了熏得够了，所以自家做出来的菜，究竟太甜呢或者太酸，未必能够清清楚楚辨味道。在这里，就不能不说那些在客厅拿着筷子等吃的人们的舌头比较灵些了。所以真正要菜好，还得厨子和吃客通力合作。

大题小解

从《京本通俗小说》而《水浒》《三国演义》《红楼梦》《西游记》《儒林外史》，清末之谴责小说（用鲁迅先生的题名），以至"五四"以后的新文学作品，我们看见一幅洋洋大观的"百面图"。我们大略地来数一数，觉得"百面"中间，写得最多，而且也穷尽形相的，还是穷秀才，潦倒名士——在今天就是流浪的知识分子，或者是虽不流浪却在饥饿线上挣扎的知识分子，换言之，作者最多写的，还是他自己一阶层的人。

《水浒》和《三国演义》因其非出于一时一人之手，故当别论。其他庸俗的演义，多未达艺术制作的水准，则又不足论。除此二者，凡个人著作，其"人物的画廊"虽然公侯将相，市侩娼优，九流三教，济济楚楚，而其实，倘有"典型人物"，总还是属于作者自己一阶层的为多。旧小说中农民典型之贫乏（《水浒》是例外），是一件颇堪玩味的事。而且除了《红楼梦》写女性亦鲜有极佳者，《金瓶梅》所写，多属变态的女性，自当别论。倒是清末的狭邪小说，有些好的女性描写，但此种"生意上人"，当然又是特殊的女性。旧小说中极少很好的普通女性的描写，这又是一件颇堪玩味的事。

在这些地方，新文学作品就比旧小说强些。不说技巧，单看"人物的画廊"，则新文学作品中就丰富得多，也复杂得多。农民画像中，首先就有个不朽的阿Q。至于女性，则自老祖母以至小孙女，自"三从四德"的"奴隶"以至"叛逆的女性"，可谓应有尽有，实在替数百年来甚至在文学作品亦处于不平等地位的中国女性，大大吐一口气。

但是新文学作品的"人物表"上，却也遗漏了一个重要的阶层：这便是手工业工人！我们日常谈话中，常常听到"手工业式"这一个批语，但我们的新文学作品中却还没有写到手工业工人！

手工业工人与农民不同。两者的思想意识大有区分。

事实上，手工业者的"行会思想"在知识分子群中，几乎随时可以发见。只顾狭小的自己范围内的利益，排拒异己（其反面如同乡同学或同什么的，则格外亲密些），缺乏互助心，只以"自了"为满足，挖别人墙脚——诸如此类的"本位主义"，不是知识分子常常蹈袭的么？倒是所谓"农民意识"者，知识分子中比较鲜见，举一例，"平均主义"不大普遍，岂但不普遍，宁是反对。知识分子具有此等来自手工业者的"行会思想"，却又不自觉，往往不能以之和农民意识分别，而在描写农民时给加上去，但真正手工业者群，反而不见于他们的笔下。

就是写农民罢，往往虽能大体上不背于农民意识，而情感方面又露出知识分子的面目。农民意识中最显著的几点，例如眼光如豆，只顾近利，吝啬，决不肯无端给人东西，强烈的私有欲，极端崇拜首领，凡此种种，也还少见深刻的描写。大凡"农村出身"的知识分子，往往因其"熟悉"农民生活，不自觉地忽略了深一层去观察的功夫，便容易有此过失。可是"农村出身"的知识分子，属于自耕农家庭者，怕也就很少了，大部分还不是来自富农家庭或小地主家庭？这一层"身份"的关系，如果不是有意地跳开，便会限制了他的了解的深度的。

我提议我们的理论家和批评家做一件繁琐的工作：把新文学中几部优秀作品的各色"人物"，各以类聚，先列一个表，然后再比较研究同属一社会阶层的那些"人物"在不同作家的笔下，有什么不同的"面目"；于是指出何者为适如其分，铢两相称，何者被强调了非特殊点而忽略了特殊点，何者甚至被拉扯成为"四不像"。这工作是太琐细了一点，也许是高谈理论者所不屑一顾，但要使我们的理论与批评不悬空，要使作者真有点受用，那倒确有一试的价值。如果做成了，实在是功德无量。

我们有一个已非一日的毛病：因为要高视远瞩，不屑"躬亲琐事"，结果落得空空洞洞，作为文章来读，未始不高超而汪洋，但于有关方面（作家和一般读者），则没有什么受用。这为的是爱说原则的话，规律和法则满纸，似已成为风气。原则当然需要，规律和法则谁敢说无用，可是我们的新文学还在幼年时代，抽象的话太多了，不受用。倘从具体说，举些实例来分析解剖判断，愈琐细则愈切实，那时再读原则的话，就不患不能消化了。如果能这样办，至少可以补救最近二三年来一个缺点：这就是问题提出来不少，原则上也都解决了，但事实上则原则的解决之后，便无影无踪，看不见在创作实践上的反应。

如何击退颓风？

一

近年来有一种不好的现象一天一天在发展，而今已到了十分严重的地步。

态度严肃的作品销路不广，而谈情说爱、低级趣味的东西却颇为"风行"。据说甚至已经到了这样的地步：同一作家的作品如果书名"香艳"，与女人有关，销路便能较好，而翻译的小说改题为"爱情，爱情"者，也确实可以多卖。

当然我们不能不承认，即使在这漫天烽火、物价高涨的时候，也还有不少人或"精力过剩"，或渴求刺激，或神经变态，而又有钱，他们就喜欢那些无聊的读物，花几百块钱买一本书，在他们是无所谓的，高兴时看几页，不高兴时丢开完事；几百块钱比起他们在另一消遣——打牌的进出数目来，那简直是九牛之一毛。像这一种"民族的畸形儿"，在我们这不健全的社会内，无庸讳言，只会一年年多，不会一年年少；政治的和社会的环境既然非但不能使此等"畸形儿"减少，而且助其滋长，而政府书报检查的鞭子也未尝落在那些无聊读物的身上，故在抗战七年多的今日而见此现象，实在只能说是无量数的大怪事之中一区区小怪罢了。

但不能不说这问题是严重的。问题之所以严重，不在社会上有这些人喜欢看这些书，而在这一现象已经诱发了大部分书店的"生意眼"，并且又在引诱一些"作家"向这一方向投机取巧。不嫌说得夸张些，书店在这中间的作用实在不小，尤其在这所谓"非常时期"。出版家不愿意出版，这就根本拉倒，但即使出版了而贩卖商不愿多批，那也糟糕。战时寄运书籍非常困难，寄费又贵，出版家在发行方面依赖于贩卖商者较战前为多。印书成本太大，出版家希望销得快，这才资金可以周转。我们听说过，某书出版后不到一星期，五千部就销完了，这是近年旺销之佳话。然而这所谓已经销完了的五千部，并不全数到了读者手里，不，恐怕一半的一半也不到；这所谓"销完"只表示出版家已经将货脱手，这所谓"销完"应当说已经被贩卖商"批完"了。书是存在贩卖商手中。贩卖商为什么那样热心抢批？因为根据他们的生意眼，他们认为此书好销。这是贩买商的生意眼能够影响出版家。出版家为维持营业，也就不能不有生意眼，或跟着贩卖商的生意眼走，终至于动摇了一部分"作家"有意无意地做了书商的尾巴。从出版家、贩卖商，以至一部分的"作家"，可说都是受了环境的压迫，不得不以生意眼为重；正因为是"不得不"如此，故形成了民族文化的大危机。年来颇有些议论，既斥责书业中人之唯利是图，复归咎于作家们之制造颓废与麻痹，而对于造成今天出版业的不景气以及畸形状态的政治的和经济的原因，则不置一词；这样的议论其实倒是一种烟幕，把问题的真相弄模糊了。

书业中当然不能说没有"唯利是图"或"利令智昏"的分子，然而大部分书业中人是认识了他们的事业的重要性的。他们的最大的原望是，印出来的书有聊而又能销，营业蒸蒸日上；降而求其次，只能在文化方面打些折扣，而希望营业能维持现状。最后，除了少数尚能咬紧牙关，收紧裤带，苦撑下去，一般的倘不兼营别业，就只好迎合不良的风气，做低级趣味的尾巴。至于作家，亦不能一概而论。甘居下流，以制造颓废与麻痹为乐者，自然也有，而戴抗战之羊头，卖色情之狗肉者，亦复不少；但是大多数作家虽在精神与物质生活交受压迫之下，还能坚守岗位，不失故我。这是有目共睹的事。这大部分作家如果有罪，罪在他们不能不吃饭，而为了要吃饭，又不得不在顾忌多端的夹缝中作微弱之呼声，不得不在饥寒交迫之生活中匆忙写作，生炒热卖；再进一步说，罪在他们还不能突破重重的阻碍，发挥能力，以击退文化界的颓风！而且客观上他们亦不被准许大声疾呼，一新耳目。

当前的现实情形对于霉菌的生长特别有利：经济的困难压迫着出版家不得不走所谓生意眼，或至少减少生产；颓废的低级趣味的歪曲现实的作品未受应得的制裁，而在书市场挤走了正当的读物；如蝇逐臭的文坛投机家正在鼓扬颓风，而态度严肃的作家则或贫病交迫不能写作，或写作了亦不能出版。民族文化的危机难道还不算严重，不算深刻么？

二

我们再从另一方面看。

读者购买力的薄弱，当然也是出版业不景气的重要原因之一。或者有人作这样的推论：低级趣味的颓废色情的读物，它的读者对象是有闲而又有钱的阶层，严肃作品的读者群却是既不有闲亦无余钱，这一种情形如无改善，则文化的前途恐怕只有暗淡。这一个论调就等于说，即使严肃的作品有可能出版，还是没有读者的。

事实恐怕未必尽然。一般读者购买力之低落当然要影响到书的销路，但这影响不会是绝对的。在书价尚平，读者购买力尚高的时候，一般读者购书的标准是要宽一点，他们选择书不十分严格，而在钱袋干瘪的时候他们买书当然不能那么痛快；然而真有打动他们心坎的好书，他们即使节衣缩食还是要买的。三五人组织小小读书会，平均负担，买了书来公有，这种互助的经济的办法，我们亦见过不少。虽然生活压得人喘不过气来，但青年的一代求知欲还是那么旺盛，正义感还是那么强烈，这表示民族的活力绝未衰退。再说，今天颇为风行的那些无聊读物的读者也未可一概而论。除了一小部分读者确是乐此不疲而且舍此更无所求，敢说大部分读者无非借此消遣。消遣的态度对于严肃的读物当然不好，但对于无聊的读物却正表示了读者心里有苦闷，而苦闷则远胜于麻木；他们和那些醉生梦死怡然自得之辈是有颇大的差别的。这一类的读者对于严肃读物的见解很值得玩味。他们觉得严肃的作品搔不着痒处，不够味。当然这种批评有时是由于他们认识的不足，但大体上也还道着了几分的。

所以同题不在没有读者，而在作品之是否能够表现了现实的深广复杂，是否有血有肉，换言之，即是否能够满足广大读者的要求，震撼着他们的灵魂，使他们痛快地哭，痛快地笑，提高他们的情绪至于白热。

这样的作品是我们现在所迫切需要的。然而直至现在，我们还没有得到产生这样的作品的客观条件。我们这时代是民族历史上空前的大变动的时代，在我们面前还有艰苦的战斗，在我们将来，当然有一个光明的远景，然而如何在今天的艰苦战斗中胜利地出来而到达光明的未来，这中间却横梗着无数的问题，而这些问题正是人人所身受痛感、焦灼忧虑的。如果一个读者读完了一本书，却不见书中写到这些问题，或虽触及，亦只浮光掠影，宽皮宕肉，顾此失彼，那他当然会感到失望的，至少也是不够味了。至于那些歪曲现实，大言不惭，把读者当作低能儿的作品，自更不用说。一句话，作品不能反映时代，不能挖掘到现实的深处，倒提过来从里翻到外，给读者看。现在有不少作品态度够严肃了，然而触及现实之处却见得异常地踌躇趑趄，徘徊迂曲。作家即使不中用，照理是不应如此的。所以然之故，还在于作家没有选择题材和处理题材的自由。

作品既要反映现实，就不能不触及现实中的问题，就不能只在问题的边缘徘徊，就得直薄问题的核心，这是很简单明了的。而简单明了的事今天之所以成为棘手的难题就因为连带引起了歌颂与暴露的问题，换言之，就是光明面要写，黑暗面是否也应该写的问题。

这是一个老问题。我们还没有达到理想的社会，故有所歌颂，亦必有所暴露；现实生活中有光明面也有黑暗面，故要忠实地反映现实就不能只写光明不写黑暗。问题乃在作者站在哪一种立场上去歌颂或暴露，去理解那光明面或黑暗面。但这在今天应当是不成问题的。今天作家们的共同立场是坚持民主，坚持反法西斯战争，以求建立独立自由的民主国家。在这一大目标之下，歌颂与暴露、光明与黑暗的问题，实在已经变得很简单。歌颂的对象是坚持抗战、坚持民主，为抗战和民主而牺牲私利己见的，是能增加反法西斯战争的力量及能促进政治的民主的；反之，凡对抗战怠工，消耗自己的力量以及违反民主的行动，都是暴露的对象。同样的，凡对抗战有利对民主的实现有助的，就是光明面，反之，就是黑暗面。

曾有人主张多歌颂，多写光明面，以为这样才是积极性，才能提高抗战情绪，坚定胜利的信心；如果有所暴露，那就是打击民心士气，就是失败主义和悲观。依这一个主张，作家选取题材的范围就缩小了一半，作家尽其全力也只能表现半面的现实。然而事实上，那另一面的现实是真实地存在的，是人民所目睹而身受的；人民既非因为作家描写了而始见此现实的另一面，当然亦不会因为作家之不写而就忘记了此另一面的现实。存在者始终存在，目睹身受者始终目睹身受，作家们奉命而不写现实之黑暗面，并不能转变事实，徒然使得作家在人民面前成为大言不惭的说谎专家，结果是会连他们所歌颂的真正的光明面也不被人民所信任的。这是最浅显的道理。如果恐怕黑暗面的描写会影响到人民对于胜利的信心，那末，作家即使不写，人民早已身受目睹，倘将因此而有不良的影响，则亦早已有了，活的事实是最有力的雄辩。所以明智之举，不是讳疾忌医，而是抉露病源，使不至疑神疑鬼而减少不必要的恐怖心理。现实既有黑暗的一面，掩饰是徒劳的，唯有敢于正视而给以正确的探研，然后能杜绝破坏者的兴风作浪而消除人民的忧疑恐怖。所谓作品的积极性，应作如是观。讳疾忌医的办法，在作品上只能起相反的消极的作用，正如在实际生活上不含有积极的效果，只是把病症拖重罢了。

道理是非常简单，但是在今天以前，作家们想要全面地表现现实而不使自己在人民面前成为一个糊涂虫一个说谎专家，事实上还是不被许可的。结果是态度尽管够严肃，作品却是贫血。

现在没有人敢说那些制造颓废麻痹的作品是要得的，也没有人不觉得广大的读者群实在如饥如渴在要求够味的营养丰富的精神食粮。现在有许多人只觉得作家们没有尽职，没有尽量反映抗战的现实，然而作家的选择题材处理题材之不自由，却还是受不到充分的注意。这譬如限制了厨子的调味作料，而又要求他做出好菜来。

自然，光有了运用材料的自由也不是什么都不成问题了，作家还得加紧修养，加紧向生活学习。但目前第一切要之事莫过于要求解放材料的限制。换言之，即在坚决地反法西斯，坚决地要求民主的大原则下，作家应有创作的自由，凡是现实所有之事，应当都在他观照之下，应当都在他写作范围之内。

这是击退颓风、开展新运的唯一关键。我们盼望这一时机也该到了，因为讳言缺点只有增加困难，这几年来的事实已经证明了。

1944 年 11 月。

纠正一种风气

三年前我们在重庆打算编一种丛书，专印不知名的青年作家的作品；我们和几个出版家接洽，他们都顾虑到销路，不愿意接受。可是我们也不甘就此罢休，索性把计划更进一步，专印"处女作"，试试广大的读者群是不是像一般书店老板所估计，买书是看作者姓名的。后来居然有人愿意出资来试验一下了，可是却又要求每书要有一二篇介绍（序或读后记），理由还是为了推销上方便些。

不但出书，就是出一种定期刊罢，出版家也一定希望编辑人能够"拉"到若干知名作家的稿子，"以资号召"。

这种"风气"，由来已久，我们戏称之为"明星主义"。我们认为这是不应该有的现象。我们认为这种"风气"，对于青年作家或无名作家是十分不利的。我们曾经和一些思想进步的出版家讨论过，如何挽救这不合理的风气。在讨论中，我们得到了下列的几点认识。

出版家印一本书，总须通过贩卖商，这才能够到达广大读者群的面前，而贩卖商批书的标准据说不外乎：一是看同类的书销路如何；二是看作者是不是知名的。而贩卖商的这两个标准又是根据了他们的经验而来的。比方说，某一类的书好销，贩卖商就愿意多批这一类。有一时，巴尔扎克很吃香，贩卖商看见巴尔扎克的译本就很欢迎；如果不是巴尔扎克而是别的外国的大作家，即使那译本实在很好，也很难说服贩卖商使他们多批。对于本国的作家亦是如此，贩卖商根据他们的经验有他们的取舍，不知名作家的书就难以得到他们的"选择"；即使你郑重推荐，他们也不大肯"冒险"试批几本去；即使批了去，他们也不大肯放在很显著的地位让顾客们一眼就看到。

所以，"明星主义"的造成，贩卖商也有份的。

书出版后当然有广告。按理说来，广告是读者借以求书的线索。但是，事实上广告总多说好话，甚至有吹得太过分的，这就使大部分读者不敢太相信广告。中国又没有权威的书评刊物，读者想在广告之外求得可以信任的介绍也颇不易，于是结果也只得根据经验来选择了；加以书价太高，读者购买力低，自然而然对于陌生面孔作者的作品不敢轻于试购了。而读者的这一种"习惯"，反过来也会对贩卖商起影响，形成了贩卖的"经验"，产生了贩卖商的批书标准。

一般说来，在中国，青年作家或无名作家的作品在定期刊上发表的机会，还算是多的。因为定期刊的编辑人虽然为了老板的要求不得不"拉"知名作家的稿子，但亦可以全权发表青年作家或无名作家的稿子，不比出一本书，全权是操在老板手里。如果和美国比较，那么中国的出版界可以说是"生意经"还算少的。美国一位青年作家（或无名作家）想要在定期刊上投稿，几乎照例没有发表的希望，除非有人为他特别推荐。至于出单行本，那希望就少到没有——可以说想也不用想。但是中国的出版家倒还不至于"认真"到这样程度，青年作家和无名作家的作品还不是绝对没有出版的希望。我觉得这是我们的出版家比美国进步的地方。盼望在这"美式"狂热汹涌可畏的时候，我们的出版界能够不为所"化"。

从上面说的看来，可知现今俨然已成风气的所谓出版界的"明星主义"，还是可以挽救的。而挽救之道，需要出版家、作家、读者三方面的合作。上文说过，出版家（除少数例外）并非绝对不肯出版无名作家的书，而是怕亏本；贩卖商也不是绝对不肯贩卖，而是怕销不掉；读者呢，更其不是绝对只崇拜名人，而是购买力弱不敢轻于尝试。如果出版家肯多冒点险，而又和作家们合作建立起一种权威的书评刊物，在读者群中打出个信用来，那么，读者的"习惯"相信可以改过来，而贩卖商也会改变他们的"批书标准"了。自然，要建立一种权威的书报评介的定期刊也不是轻而易举的，不过，如果要办，也非不可能。

再说，今天中国的定期刊"拉"知名作家"以资号召"的办法，其势也不能持久。中国的定期刊实在也不能说多（和文化进步的外国比较），无奈中国的知名作家也不多，所以拉来拉去，被拉者固然忙于应付，而读者恐怕也觉得老是几个熟面孔，感觉不到新鲜了。感觉不到新鲜，那不是和编者"拉"的本意相反了么？

最后，也得指出，如果民主不能实现，内战不能停止，那么，出版的前途就很少希望。因为出版事业的发展和进步，必须先有言论自由、思想自由。这已是常识，不用我在这里多加说明了。

1946 年 8 月 21 日。

从牯岭到东京

一

有一位英国批评家说过这样的话：左拉因为要做小说，才去经验人生；托尔斯泰则是经验了人生以后才来做小说。

这两位大师的出发点何其不同，然而他们的作品却同样地震动了一世了！左拉对于人生的态度至少可说是"冷观的"，和托尔斯泰那样地热爱人生，显然又是正相反；然而他们的作品却又同样是现实人生的批评和反映。我爱左拉，我亦爱托尔斯泰。我曾经热心地——虽然无效地而且很受误会和反对，鼓吹过左拉的自然主义，可是到我自己来试做小说的时候，我却更近于托尔斯泰了。自然我不至于狂妄到自拟于托尔斯泰；并且我的生活、我的思想，和这位俄国大作家也并没几分的相像；我的意思只是：虽然人家认定我是自然主义的信徒——现在我许久不谈自然主义了，也还有那样的话——然而实在我未尝依了自然主义的规律开始我的创作生涯；相反的，我是真实地去生活，经验了动乱中国的最复杂的人生的一幕，终于感得了幻灭的悲哀，人生的矛盾，在消沉的心情下，孤寂的生活中，而尚受生活执着的支配，想要以我的生命力的余烬从别方面在这迷乱灰色的人生内发一星微光，于是我就开始创作了。我不是为的要做小说，然后去经验人生。

在过去的六七年中，人家看我自然是一个研究文学的人，而且是自然主义的信徒；但我真诚地自白：我对于文学并不是那样的忠心不贰。那时候，我的职业使我接近文学，而我的内心的趣味和别的许多朋友——祝福这些朋友的灵魂——则引我接近社会运动。我在两方面都没专心；我在那时并没想起要做小说，更其不曾想到要做文艺批评家。

二

一九二七年夏，在牯岭养病；同去的本有五六个人，但后来他们都陆续下山，或更向深山探访名胜去了，只剩我一个病体在牯岭，每夜受失眠症的攻击。静听山风震撼玻璃窗格格地作响，我捧着发涨的脑袋读梅德林克（M.Maeterlinck）的论文集 *The Buried Temple*，短促的夏夜便总是这般不合眼地过去。白天里也许翻译小说，但也时时找尚留在牯岭或新近来的几个相识的人谈话。其中有一位是"肺病第二期"的云小姐。"肺病第二期"对于这位云小姐是很重要的；不是为的"病"确已损害她的健康，而是为的这"病"的黑影的威胁使得云小姐发生了时而消极时而兴奋的动摇的心情。她又谈起她自己的生活经验，这在我听来，仿佛就是中古的 Romance——并不是说它不好，而是太好。对于这位"多愁多病"的云小姐——人家这样称呼她——我发生了研究的兴味；她说她的生活可以做小说。那当然是。但我不得不声明，我的已做的三部小说——《幻灭》《动摇》《追求》中间，绝没有云小姐在内；或许有像她那样性格的人，但没有她本人。因为许多人早在那里猜度小说中的女子谁是云小姐，所以我不得不在此作一负责的声明，然而也是多么无聊的事！

可是，要做一篇小说的意思，是在牯岭的时候就有了。八月底回到上海，妻又病了，然而我在伴妻的时候，写好了《幻灭》的前半部。以后，妻的病好了，我独自住在三层楼，自己禁闭起来，这结果是完成了《幻灭》和其后的两篇——《动摇》和《追求》。前后十个月，我没有出过自家的大门；尤其是写《幻灭》和《动摇》的时候，来访的朋友也几乎没有；那时除了四五个家里人，我和世间是完全隔绝的。我是用了"追忆"的气氛去写《幻灭》和《动摇》；我只注意一点：不把个人的主观混进去，并且要使《幻灭》和《动摇》中的人物对于革命的感应是合于当时的客观情形。

三

在写《幻灭》的时候，已经想到了《动摇》和《追求》的大意，有两个主意在我心头活动：一是做成二十余万字的长篇，二是做成七万的三个中篇。我那时早已决定要写现代青年在革命壮潮中所经过的三个时期：（1）革命前夕的亢昂兴奋和革命既到面前时的幻灭；（2）革命斗争剧烈时的动摇；（3）幻灭动摇后不甘寂寞尚思作最后之追求。如果将这三时期做一篇写，固然可以；分为三篇，也未始不可以。因为不敢自信我的创作力，终于分作三篇写了；但尚拟写第二篇时仍用第一篇的人物，使三篇成为断而能续。这企图在开始写《动摇》的时候，也就放弃了；因为《幻灭》后半部的时间正是《动摇》全部的时间，我不能不另用新人；所以结果只有史俊和李克是《幻灭》中的次要角色而在《动摇》中则居于较重要的地位。

如果在最初加以详细的计划，使这三篇用同样的人物，使事实衔接，成为可离可合的三篇，或者要好些。这结构上的缺点，我是深切地自觉到的。即在一篇之中，我的结构的松懈也是很显然。人物的个性是我最用心描写的；其中几个特异的女子自然很惹人注意。有人以为她们都有"模特儿"，是某人某人；又有人以为像这一类的女子现在是没有的，不过是作者的想象。我不打算对于这个问题有什么声辩，请读者自己下断语罢。并且《幻灭》《动摇》《追求》这三篇中的女子虽然很多，我所着力描写的，却只有二型：静女士、方太太属于同型；慧女士、孙舞阳、章秋柳属于又一的同型。静女士和方太太自然能得一般人的同情——或许有人要骂她们不彻底，慧女士、孙舞阳和章秋柳，也不是革命的女子，然而也不是浅薄的浪漫的女子。如果读者并不觉得她们可爱可同情，那便是作者描写的失败。

四

《幻灭》是在一九二七年九月中旬至十月底写的，《动摇》是十一月初至十二月初写的，《追求》在一九二八年的四月至六月间写的。所以《幻灭》至《追求》这一段时间正是中国多事之秋，作者当然有许多新感触，没有法子不流露出来。我也知道，如果我嘴上说得勇敢些，像一个康慨激昂之士，大概我的赞美者还要多些罢；但是我索来不善于痛哭流涕剑拔弩张的那一套志士气概，并且想到自己只能躲在房里成文章，已经是可鄙的懦怯，何必再不自惭地偏要嘴硬呢？我就觉得聚在房里写在纸面的勇敢话是可笑的。想以此欺世盗名，博人家说一声"毕竟还是革命的"，我并不反对别人去这么做，但我自己却是一百二十分地不愿意。所以我只能说老实话：我有点幻灭，我悲观，我消沉，我都很老实地表现在三篇小说里。我诚实地自白：《幻灭》和《动摇》中间并没有我自己的思想，那是客观的描写，《追求》中间却有我最近的——便是做这篇小说的那一段时间——思想和情绪。《追求》的基调是极端的悲观；书中人物所追求的目的，或大或小，都一样地不能如愿。我甚至于写一个怀疑派的自杀——最低限度的追求——也是失败了的。我承认这极端悲观的基调是我自己的，虽然书中青年的不满于现状、苦闷、求出路，是客观的真实。说这是我的思想落伍了罢，我就不懂为什么像苍蝇那样向窗玻片盲撞便算是不落伍？说我只是消极，不给人家一条出路么，我也承认的；我就不能自信做了留声机吆喝着"这是出路，往这边来"！是有什么价值并且良心上自安的。我不能使我的小说中人有一条出路，就因为我既不愿意昧着良心说自己以为不然的话，而又不是大天才能够发见一条自信得过的出路来指引给大家。人家说这是我的思想动摇。我也不愿意声辩。我想来我倒并没有动摇过，我实在是自始就不赞成一年来许多人所呼号呐喊的"出路"。这出路之差不多成为"绝路"，现在不是已经证明得很明白？

所以《幻灭》等三篇只是时代的描写，是自己想能够如何忠实便如何忠实的时代描写；说它们是革命小说，那我就觉得很惭愧，因为我不能积极地指引一些什么——姑且说是出路罢！

因为我的描写是多注于侧面，又因为读者自己主观的关系，我就听得、看见，好几种不同的意见，其中有我认为不能不略加声辩者，姑且也写下来罢。

五

先讲《幻灭》。有人说这是描写恋爱与革命之冲突，又有人说这是写小资产阶级对于革命的动摇。我现在真诚地说：两者都不是我的本意。我是很老实的，我还有在中学校时做国文的习气，总是粘住了题目做文章的；题目是"幻灭"，描写的主要点也就是幻灭。主人公静女士当然是一个小资产阶级的女子，理智上是向光明，"要革命的"，但感情上则每遇顿挫便灰心；她的灰心也是不能持久的，消沉之后感到寂寞便又要寻求光明，然后又幻灭；她是不断地在追求，不断地在幻灭。她在中学校时代热心社会活动，后来幻灭，则以专心读书为逋逃薮，然而又不耐寂寞，终于跌入了恋爱，不料恋爱的幻灭更快，于是她逃进了医院；在医院中渐渐地将恋爱的幻灭的创伤平复了，她的理智又指引她再去追求，乃要投身革命事业。革命事业不是一方面，静女士是每处都感受了幻灭；她先想做政治工作，她做成了，但是幻灭；她又干妇女运动，她又在总工会办事，一切都幻灭。最后她逃进了后方病院，想做一件"问心无愧"的事，然而实在是逃避，是退休了。然而她也不能退休寂寞到底，她的追求憧憬的本能再复活时，她又走进了恋爱，而这恋爱的结果又是幻灭——她的恋人强连长终于要去打仗，前途一片灰色。

《幻灭》就是这么老实写下来的。我并不想嘲笑小资产阶级，也不图以静女士作为小资产阶级的代表；我只写一九二七年夏秋之交一般人对于革命的幻灭；在以前，一般人对于革命多少存点幻想，但在那时却幻灭了；革命未到的时候，是多少渴望，将到的时候是如何的头奋，仿佛明天就是黄金世界，可是明天来了，并且过去了，后天也过去了，大后天也过去了，一切理想中的幸福都成了废票，而新的痛苦由一点一点加上来了，那时候每个人心里都不禁叹一口气："哦，原来是这么一回事！"这就来了幻灭。这是普遍的，凡是真心热望着革命的人们都曾在那时候有过这样一度的幻灭；不但是小资产阶级，并且也有贫苦的工农。这是幻灭，不是动摇！幻灭以后，也许消极，也许更积极，然而动摇是没有的。幻灭的人对于当前的骗人的事物是看清了的，他把它一脚踢开；踢开以后怎样呢？或者从此不管这些事；或者是另寻一条路来干。只是尚执着于那事物而不能将它看个彻底的，然后会动摇起来。所以在《幻灭》中，我只写"幻灭"；静女士在革命上也感得了一般人所感得的幻灭，不是动摇！

同样的，《动摇》所描写的就是动摇，革命斗争剧烈时从事革命工作者的动摇。这篇小说里没有主人公；把胡国光当作主人公而以为这篇小说是对于机会主义的攻击，在我听来是极诧异的。我写这篇小说的时候，自始至终，没有机会主义这四个字在我脑膜上闪过。《动摇》的时代正表现中国革命史上最严重的一期，革命观念革命政策之动摇——由"左"倾以至发生"左"稚病，由救济"左"稚病以至右倾思想的渐抬头，终于为大反动。这动摇，也不是主观的，而有客观的背景；我在《动摇》里只好用了侧面的写法。在对于湖北那时的政治情形不很熟悉的人自然是茫然不知所云的，尤其是假使不明白《动摇》中的小县城是哪一个县，那就更不会弄得明白。人物自然是虚构，事实也不尽是真实：可是其中有几段重要的事实是根据了当时我所得的不能披露的新闻访稿的。像胡国光那样的投机分子，当时很多；他们比什么人都要"左"些，许多惹人议论的"左"倾幼稚病就是他们干的。因为这也是"动摇"中一现象，所以我描写了一个胡国光，既没有专注意他，更没半分意思想攻击机会主义。自然不是说机会主义不必攻击，而是我那时却只想写"动摇"。本来可以写一个比他更大更凶恶的投机派，但小县城里只配胡国光那样的人，然而即使是那样小小的，却也残忍得可怕：捉得了剪发女子用铁丝贯乳游街然后打死。小说的功效原来在借部分以暗示全体，既不是新闻纸的有闻必录，也不同于历史的不能放过巨奸大憝。所以《动摇》内只有一个胡国光；只这一个，我觉得也很够了。

方罗兰不是全篇的主人公，然而我当时的用意确要将他作为《动摇》中的一个代表。他和他的太太不同。方太太对于目前的太大的变动不知道怎样去应付才好，她迷惑而彷徨了；她又看出这动乱的新局面内包孕着若干矛盾，因而她又微感幻灭而消沉，她完全没有走进这新局面新时代，她无所谓动摇与否。方罗兰则相反；他和太太同样地认不清这时代的性质，然而他现充着党部里的要人，他不能不对付着过去，于是他的思想行动就显得很动摇了。不但在党务在民众运动上，并且在恋爱上，他也是动摇的。现在我们还可以从正面描写一个人物的政治态度，不必像屠格涅夫那样要用恋爱来暗示；但描写《动摇》中的代表的方罗兰之无往而不动摇，那么，他和孙舞阳恋爱这一段描写大概不是闲文了。再如果想到《动摇》写的是"动摇"，而方罗兰是代表，胡国光不过是现象中间一个应有的配角，那么，胡国光之不再见于篇末，大概也是不足为病罢！

我对于《幻灭》和《动摇》的本意只是如此；我是依这意思做去的，并且还时时注意不要离开了题旨，时时顾到要使篇中每一动作都朝着一个方向，都为促成这总目的之有机的结构。如果读者所得的印象而竟全都不是那么一回事，那就是作者描写得失败了。

六

《追求》刚在发表中，还没听得什么意见。但据看到第一二章的朋友说，是太沉闷。他们都是爱我的。他们都希望我有震慑一时的杰作出来，他们不大愿意我有这缠绵幽怨的调子。我感谢他们的厚爱。然而同时我仍旧要固执地说，我自己很爱这一篇，并非爱它做得好，乃是爱它表现了我的生活中的一个苦闷的时期。上面已经说过，《追求》的著作时间是在本年四月至六月，差不多三个月；这并不比《动摇》长，然而费时多至二倍，除去因事搁起来的日子，两个月是十足有的。所以不能进行得快，就因为我那时发生精神的苦闷，我的思想在片刻之间会有好几次往复的冲突，我的情绪忽而高亢灼热，忽而跌下去，冰一般冷。这是因为我在那时会见了几个旧友，知道了一些痛心的事——你不为威武所屈的人也许会因亲爱者的乖张使你失望而发狂。这些事将来也许会有人知道。这使得我的作品有一层极厚的悲观色彩，并且使我的作品有缠绵幽怨和激昂奋发的调子同时并在。《追求》就是这么一件狂乱的混合物。我的波浪似的起伏的情绪在笔调中显现出来，从第一页以至最末页。

这也是没有主人公的。书中的人物是四类：王仲昭是一类，张曼青又一类，史循又一类，章秋柳、曹志方等又为一类。他们都不甘昏昏沉沉过去，都要追求一些什么，然而结果都失败；甚至于史循要自杀也是失败了的。我很抱歉，我竟做了这样颓唐的小说，我是越说越不成话了。但是请恕我，我实在排遣不开。我只能让它这样写下来，作一个纪念；我决计改换一下环境，把我的精神苏醒过来。

我已经这么做了，我希望以后能够振作，不再颓唐；我相信我是一定能的，我看见北欧运命女神中间的一个很庄严地在我面前，督促我引导我向前！她的永远奋斗的精神将我吸引着向前！

七

最后，说一说我对于国内文坛的意见，或者不会引起读者的讨厌罢。

从今年起，烦闷的青年渐多读文艺作品了；文坛上也起了"革命文艺"的呼声。革命文艺当然是一个广泛的名词，于是有更进一步直截说出明日的新的文艺应该是无产阶级文艺。但什么是无产阶级文艺呢？似乎还不见有极明确的介绍或讨论；因为一则是不便说，二则是难得说。我惭愧得很，不曾仔细阅读国内的一切新的文艺定期刊，只就朋友们的谈话中听来，好像下列的几个观点是提倡革命文艺的朋友们所共通而且说过了的：（1）反对小资产阶级的闲暇态义、个人主义；（2）集体主义；（3）反抗的精神；（4）技术上有倾向于新写实主义的模样（虽然尚未见有可说是近于新写实主义的作品）。

主张是无可非议的，但表现于作品上时，却亦不免未能适如所期许。就过去半年的所有此方向的作品而言，虽然有一部分人欢迎，但也有更多的人摇头。为什么摇头？因为他们是小资产阶级么？如果有人一定要拿这句话来闭塞一切自己检查自己的路，那我亦不反对。但假如还觉得这么办是类乎掩耳盗铃的自欺，那么，虚心的自己批评是还要的。我敢严正地说，许多对于目下的"新作品"摇头的人们，实在是诚意地赞成革命文艺的，他们并没有你们所想象的小资产阶级的惰性或执拗，他们最初对于那些"新作品"是抱有热烈的期望的，然而他们终于摇头，就因为"新作品"终于自己暴露了不能摆脱"标语口号文学"的拘囿。这里就来了一个问题："标语口号文学"——注意，这里所谓"文学"二字是文义的，犹之 Socialist Literature 一语内之 Literature——是否有文艺的价值。我们空口议论，不如引一个外国的来为例。一九一八年至一九二二年顷，俄国的未来派制造了大批的"标语口号文学"，他们向苏俄的无产阶级说是为了他们而创造的，然而无产阶级不领这个情，农民是更不客气地不睬他们；反欢迎那在未来派看来是多少有些腐朽气味的倍特尼和皮尔涅克。不但苏俄的群众，莫斯科的领袖们如布哈林、卢那却尔斯基、托洛茨基，也觉得"标语口号文学"已经使人讨厌到不能忍耐了。为什么呢？难道未来派的"标语口号文学"还缺少着革命的热情么？当然不是的。要点是在人家来看文学的时候所希望的，并非仅仅是"革命情绪"。

我们的"新作品"即使不是有意地走入了"标语口号文学"的绝路，至少也是无意地撞了上去了。有革命热情而忽略于文艺的本质，把文艺也视为宣传工具——狭义的——或虽无此忽略与成见而缺了文艺素养的人们，是会不知不觉走上了这条路的。然而我们的革命文艺批评家似乎始终不曾预防到一着。因而也就发生了可痛心的现象：被许为最有革命性的作品却正是并不反对革命文艺的人们所叹息摇头的。"新作品"之最初尚受人注意而其后竟受到摇头，这便是一个解释，不能专怪别人不革命。这是一个真实，我们应该有勇气来承认这真实，承认这失败的原因，承认改进的必要！

这都是关于革命文艺本身上的话，其次有一个客观问题，即今后革命文艺的读者的对象。或者觉得我这问题太奇怪。但实在这不是奇怪的问题，而是需要用心研究的问题。一种新形式新精神的文艺而如果没有相对的读者界，则此文艺非萎枯便只能成为历史上的奇迹，不能成为推动时代的精神产物。什么是我们革命文艺的读者对象？或许有人要说，被压迫的劳苦群众。是的，我很愿意我很希望，被压迫的劳苦群众"能够"做革命文艺的读者对象。但是事实上怎样？请恕我又要说不中听的话了。事实上是你对劳苦群众呼吁说"这是为你们而作"的作品，劳苦群众并不能读，不但不能读，即使你朗诵给他们听，他们还是不了解。他们有他们真心欣赏的"文艺读物"，便是滩簧小调花鼓戏等一类你所视为含有毒质的东西。说是因此须得更努力作些新东西来给他们么？理由何尝不正确，但事实总是事实，他们还是不能懂得你的话，你的太欧化或是太文言化的白话。如果先要使他们听懂，惟有用方言来做小说，编戏曲，但不幸"方言文学"是极难的工作，目下尚未有人尝试。所以结果你的"为劳苦群众而作"的新文学是只有"不劳苦"的小资产阶级知识分子来阅读了。你的作品的对象是甲，而接受你的作品的不得不是乙；这便是最可痛心的矛盾现象！也许有人说："这也好，比没有人看好些。"但这样的自解嘲是不应该有的罢！你所要唤醒而提高他们革命情绪的，明明是甲，而你的为此目的而做的作品却又明明不能到达甲的面前，这至少也该说是能力的误费罢？自然我不说竟可不做此类的文字，但我总觉得我们也应该有些作品是为了我们现在事实上的读者对象而做的。如果说小资产阶级都不革命，所以对他们说话是徒劳，那便是很大的武断。中国革命是否竟可抛开小资产阶级，也还是一个费人研究的问题。我就觉得中国革命的前途还不能全然抛开小资产阶级。说这是落伍的思想，我也不愿多辩；将来的历史会有公道的证明。也是基于这一点，我以为现在的"新作品"在题材方面太不顾到小资产阶级了。现在差不多有这么一种倾向：你做一篇小说为劳苦群众的工农诉苦，那就不问如何大家齐声称你是革命的作家；假如你为小资产阶级诉苦，便几乎罪同反革命。这是一种很不合理的事！现在的小资产阶级没有痛苦么？他们不被压迫么？如果他们确是有痛苦，被压迫，为什么革命文艺者要将他们视同化外之民，不屑污你们的神圣的笔尖呢？或者有人要说，"革命文艺"也描写小资产阶级青年的各种痛苦；但是我要反问：曾有什么作品描写小商人，中小农，破落的书香人家……所受到的痛苦么？没有呢，绝对没有！几乎全国十分之六，是属于小资产阶级的中国，然而它的文坛上没有表现小资产阶级的作品，这不能不说是怪现象罢！这仿佛证明了我们的作家一向只忙于追逐世界文艺的新潮，几乎成为东施效颦，而对于自己家内有什么主要材料这问题，好像是从未有过一度的考量。

我们应该承认：六七年来的"新文艺"运动虽然产生了若干作品，然而并未走进群众里去，还只是青年学生的读物；因为"新文艺"没有广大的群众基础为地盘，所以六七年来不能长成为推动社会的势力。现在的"革命文艺"则地盘更小，只成为一部分青年学生的读物，离群众更远。所以然的缘故，即在新文艺忘记了描写它的天然的读者对象。你所描写的都和他们（小资产阶级）的实际生活相隔太远，你的用语也不是他们的用语，他们不能懂得你，而你却怪他们为什么专看《施公案》《双珠凤》等等无聊东西，硬说他们是思想太旧，没有办法；你这主观的错误，不也太厉害了一点儿么？如果你能够走进他们的生活里，懂得他们的情感思想，将他们的痛苦愉乐用比较不欧化的白话写出来，那即使你的事实中包孕着绝多的新思想，也许受他们骂，然而他们会喜欢看你，不会像现在那样掉头不顾了。所以现在为"新文艺"——或是勇敢点说，"革命文艺"的前途计，第一要务在使它从青年学生中间出来走入小资产阶级群众，在这小资产阶级群众中植立了脚跟。而要达到此点，应该先把题材转移到小商人、中小农等等的生活。不要太多的新名词，不要欧化的句法，不要新思想的说教似的宣传，只要质朴有力地抓住了小资产阶级生活的核心的描写！

说到这里，就牵连了另一问题，即文艺描写的技巧这问题。关于此点，有人在提倡新写实主义。曾在广告上看见《太阳》七月号上有一篇详论《到新写实主义的路》，但未见全文，所以无从知道究属什么主张。我自己有两年多不曾看西方出版的文艺杂志，不知道新写实主义近来有怎样的发展；只就四五年前所知而言（曾经在《小说月报》上有过一点介绍，大约是一九二四年的《海外文坛消息》，文题名《俄国的新写实主义》），新写实主义起于实际的逼迫；当时俄国承白党内乱之后，纸张非常缺乏，定期刊物或报纸的文艺栏都只有极小的地位，又因那时的生活是紧张的疾变的，不宜于弛缓迂回的调子，那就自然而然产生了一种适合于此种精神律奏和实际困难的文体，那就是把文学作品的章段字句都简炼起来，省去不必要的环境描写和心理描写，使成为短小精悍、紧张、有刺激性的一种文体，因为用字是愈省愈好，仿佛打电报，所以最初有人戏称为"电报体"，后来就发展成为新写实主义，现在我们已有此类作品的译本，例如塞门诺夫的《饥饿》。虽然是转译，损失原来神韵不少，然而大概的面目是可以看得出来的。

所以新写实主义不是偶然发生的，也不是因为要对无产阶级说法，所以要简炼些。然而是文艺技巧上的一种新型，却是确定了的。我现在移植过来，怎样呢？这是个待试验的问题。但有两点是可以先来考虑一下的。第一是文字组织问题。照现在的白话文，求简炼是很困难的；求简便入于文言化。这大概是许多人自己经验过来的事。第二是社会活用语的性质这问题。那就是说我们所要描写的那个社会阶级口头活用的语言是属于繁复拖沓的呢，或是属于简洁的。我觉得小商人说话是习惯繁复拖沓的。几乎可说是小资产阶级全属如此。所以简炼了的描写是否在使他们了解上发生困难，也还是一个疑问。至于紧张的精神律奏，现在又显然地没有。

最为一般小资产阶级所了解的中国旧有的民间文学，又大都是繁复缓慢的。姑以"说书"为例。你如果到过"书场"，就知道小资产阶级市民所最欢迎的"说书人"是能够把张飞下马——比方地说——描写至一二小时之久的那样繁重细腻的描写。

所以为要使我们的新文艺走到小资产阶级市民的队伍去，我们的描写技术不得不有一度改造，而是否即是"向新写实主义的路"，则尚待多方的试验。

就我自己的意见说：我们文艺的技术似乎至少须先办到几个消极的条件——不要太欧化，不要多用新术语，不要太多了象征色彩，不要从正面说教似的宣传新思想。虽然我是这么相信，但我自己以前的作品却就全犯了这些毛病，我的作品，不用说只有知识分子看看的。

八

已经说得很多，现在来一个短短的结束罢。

我相信我们的新文艺需要一个广大的读者对象，我们不得不从青年学生推广到小资产阶级的市民，我们要申诉他们的痛苦，我们要激动他们的情热。

为要使新文艺走进小资产阶级市民的队伍，代替了《施公案》《双珠凤》等，我们的新文艺在技巧方面不能不有一条新路；新写实主义也好，新什么也好，最要的是使他们能够了解不厌倦。

悲观颓丧的色彩应该消灭了，一味地狂喊口号也大可不必再继续下去了，我们要有苏生的精神，坚定地勇敢地看定了现实，大踏步往前走，然而也不流于鲁莽暴躁。

我自己是决定要试走这一条路：《追求》中间的悲观苦闷是被海风吹得干干净净了，现在是北欧的勇敢的运命女神做我精神上的前导。但我自然也知道自己能力的薄弱，没有把文坛推进一个新基础那样的巨才，我只能依我自己的信念，尽我自己的能力去做，我又只能把我的意见对大家说出来，等候大家的讨论，我希望能够反省的文学上的同道者能够一同努力这个目标。

1928 年 7 月 16 日。

写在《野蔷薇》的前面

一

如果将一个民族的关于命运的神话当作某种人生观来研究，则比照着对看希腊民族和北欧民族的命运神话，也该是一件很有趣味的事情罢。

希腊神话里的命运神是姊妹三个。Clotho 是弱妹，司织生命之线，很巧妙地交错着光明的丝和黑暗的丝，正像人生有光明，也有黑暗。Lachesis 是二姊，她的职务是搓捻生命之线，她的手劲有时强，有时弱；这又说明了何以人的生命力有各种程度的强弱。叫做 Atropos 的大姊却是最残忍的一位了。她拿着一把大剪子，很无怜悯地剪断那些生命之线。

在北欧神话，命运神也是姐妹三个。但她们并不像希腊神话里的同僚们那样担任着三种不同的职务，她们却是象征了无尽的时间上的三段。最长的 Urd 是很衰老的了，常常回欧；她是"过去"的化身。最幼小的 Skuld 遮着面纱，看的方向正与她的大姊相反；她是不可知的"未来"。Verdandi 是中间一位，盛年，活泼，勇敢，直视前途；她是象征了"现在"的。

这便是南方民族的希腊人和北方民族的北欧人所表现的不同的原始的人生观。现实的北方民族是紧抓住"现在"的，既不依恋感伤于"过去"，亦不冥想"未来"。

二

我们，生在这光明和黑暗交替的现代的人，但使能奉 Verdandi 作为精神上的指导，或者不至于遗讥"落伍"罢？人言亦有云："信赖将来！对于将来之确信，是必要的！"善哉言！自从 Pandora 开了那致命的黑檀木箱以来，人类原是生活在"希望"里的。宗教底而且神秘底对于将来之依赖，既已亘千余年之久成为人类活力的兴奋剂，现在是科学底而且历史底对于将来之依赖，鼓舞人们踏过了血泊而前进了！善哉言："信赖着将来呀！"

知道信赖着将来的人，是有福的，是应该被赞美的。但是，慎勿以"历史的必然"当作自身幸福的预约券，且又将这预约券无限止地发卖。没有真正的认识而徒藉预约券作为吗啡针的"社会的活力"是沙上的楼阁，结果也许只得了必然的失败。把未来的光明粉饰在现实的黑暗上，这样的办法，人们称之为勇敢；然而掩藏了现实的黑暗，只想以将来的光明为掀动的手段，又算是什么呀！真的勇者是敢于凝视现实的，是从现实的丑恶中体认出将来的必然，是并没把它当作预约券而后始信赖。真的有效的工作是要使人们透视过现实的丑恶而自己去认识人类伟大的将来，从而发生信赖。

不要感伤于既往，也不要空夸着未来，应该凝视现实，分析现实，揭破现实；不能明确地认识现实的人，还是很多着！

三

抱着这样的心情，我写我的小说。尤其是这里所收集的五个短篇，都是有意识地依了上述的目的而做的。不论是《创造》中的娴娴，《自杀》中的环小姐，《一个女性》中的琼华，《诗与散文》中的桂奶奶，《县》中的张女士，不论她们的知识和经验是怎样地参差，不论她们的个性是怎样地不同，然而她们都是在人生的学校中受了"现实"这门功课，且又因对于这门功课的认识之如何而造成了她们各人的不同的结局。

这五篇里的主人都是女子。《诗与散文》中的真正主人也是桂奶奶而不是青年丙。主人中间没有一个是值得崇拜的勇者，或是大彻大悟者。自然，这混浊的社会里也有些大勇者，真正的革命者，但更多的是这些不很勇敢、不很彻悟的人物；在我看来，写一个无可疵议的人物给大家做榜样，自然很好，但如果写一些"平凡"者的悲剧的或暗澹的结局，使大家猛醒，也不是无意义的。

四

这里的五篇小说都穿了"恋爱"的外衣。作者是想在各人的恋爱行动中透露出各人的阶级的"意识形态"。这是个难以奏功的企图。但公允的读者或者总能够觉得恋爱描写的背后是有一些重大的问题罢。

娴娴是热爱人生的，和桂奶奶正是一个性格的两种表现。有几个朋友以为《诗与散文》太肉感，或者是以为单纯地描写了一些性欲，近乎诱惑。这些好意的劝告，我很感谢。同时我亦不能不有所辩白。如果《创造》描写的主点是想说明受过新思潮冲击的娴娴不能再被拉回来徘

218

徊于中庸之道，那么《诗与散文》中的桂奶奶在打破了传统思想的束缚以后，也应该是鄙弃"贞静"了。和娴娴一样，桂奶奶也是个刚毅的女性；只要环境转变，这样的女子是能够革命的。《自杀》中的环小姐和《县》中的张女士都是软弱的性格，所以她们的结局都是暗澹的。张女士是想"奋飞"的，但是官僚家庭养成她的习性，使她终于想到："还有地方逃避的时候，姑且先逃避一下吧！"这也是个不可讳言的"现实"。怕只有"唯心的"唯物主义者才会写出大彻大悟革命的官僚的女子！然而我曾经看见这样的作品被许为革命文学了，这真是"特殊情形"中国的特殊状态。

琼华在这里是第三型。她的天真的心，从爱人类而至于憎恨人类，终成为"不憎亦不爱"的自我主义者。但是自我主义也就葬送了她的一生。

五

脑威[1]现代小说家包以尔（Johan Bojer）在一个短篇里，说过这样的意思：有一个人赞美野蔷薇的色香，但是憎恶它多刺；他的朋友则拔去了野蔷薇的刺，作成一个花冠。

人生便是这样的野蔷薇。硬说它没有刺，是无聊的自欺；徒然憎恨它有刺，也不是办法。应该是看准那些刺，把它拔下来！

如果我的作品倘能稍尽拔刺的功用，那即使伤了手，我亦欣然。

1929 年 5 月 9 日。

---

[1] 通译挪威。